Norbert Scheuer
Peehs Liebe

Rosarius Delamot weiß nicht, wer sein Vater ist, vielleicht ein Archäologe, der in Nordafrika verschollen ist. Er lebt mit seiner Mutter Kathy in Kall in der Eifel, bleibt lange kleinwüchsig und nahezu stumm. Rosarius nimmt die Dinge anders wahr als gewöhnliche Menschen. Als Kind verliebt er sich in Petra, die er nur ‹Peeh› nennen kann und der er sein Leben lang treu bleiben wird. In seinen Träumen und in der Wirklichkeit bereist Rosarius die ganze Welt und die Eifel, wo er mit Vincentini, dem Hölderlin verehrenden Liebhaber seiner Mutter, ein Akupunkturgerät vertreibt, wo er zum Fußball-Helden wird und den mürrischen Strohwang bei der Schatzsuche beobachtet.

Nach einem Schlaganfall kommt Rosarius als alter Mann in ein Pflegeheim. Dort trifft er auf die Pflegerin Annie, in der er Peeh wiederzuerkennen glaubt. Er erzählt ihr die sonderbare und außergewöhnliche Geschichte seines Lebens – eine Geschichte von Heimat und Ferne, Abenteuer und Einsamkeit, vor allem aber eine Geschichte über die Liebe.

Norbert Scheuer, 1951 in der Eifel geboren, studierte Physikalische Technik und Philosophie. Sein literarisches Werk wurde vielfach ausgezeichnet, u. a. mit dem 3sat-Preis des Ingeborg-Bachmann-Wettbewerbs und dem Glaser-Preis. Der Roman ‹Überm Rauschen› (2009) stand auf der Shortlist des Deutschen Buchpreises. Zuletzt erschienen der Lyrikband ‹Bis ich dies alles liebte› (2011) sowie der Roman ‹Die Sprache der Vögel› (2015). Norbert Scheuer lebt in der Eifel.

Norbert Scheuer

Peehs Liebe

Roman

dtv

Von Norbert Scheuer sind bei dtv außerdem erschienen:

Flußabwärts

Kall, Eifel

Überm Rauschen

2. Auflage 2024
2015
dtv Verlagsgesellschaft mbH & Co. KG,
München
Lizenzausgabe mit Genehmigung des Verlages C.H.Beck
© 2012 Verlag C.H.Beck oHG, München
Umschlagkonzept: Balk & Brumshagen
Umschlaggestaltung nach einem Entwurf von
Kemker Kommunikationsdesign
unter Verwendung eines Fotos von bobsairport/Ava Nebel
Satz: Fotosatz Amann, Memmingen
Druck und Bindung: C.H.Beck, Nördlingen
Printed in Germany · ISBN 978-3-423-14427-8

Das macht uns arm bei allem Reichtum, daß wir nicht allein sein können, daß die Liebe in uns, so lange wir leben, nicht erstirbt.   Hölderlin, Hyperion

Für Elvira

Teil 1

Mein Name ist Rosarius Delamot. Ich bin mit dem Delamot verwandt, der in Kall ein Friseurgeschäft hatte. Kathy, meine Mutter, schickte mich alle zwei Monate zu ihm in den Salon. Delamot schnitt mir und auch Kathy die Haare gratis, das heißt, mir schor er alle meine fuchsroten Haare, weil er meinte, dass mir eine Glatze am besten stehe. Danach schickte er mich gleich wieder raus, ihm ging mein ständiges Summen auf die Nerven, das in den ersten dreiundzwanzig Jahren meines Lebens meine einzige sprachliche Äußerung blieb. Meine Haare kehrte Delamot, wie auch die Haare seiner anderen Kunden, in eine Ecke. Dort war unter dem Abfalleimer ein tellergroßes Loch im Boden versteckt, durch das sämtliche Haare in den dunklen Keller hinabschwebten.

Kathy hatte mir den ausgefallenen Vornamen Rosarius gegeben, weil ihr Ururgroßonkel so geheißen hatte. Sie war stolz auf diesen Vorfahren gewesen, der Anfang des 19. Jahrhunderts durch die Eifel gezogen war, um Mausefallen und andere Haushaltsgegenstände zu verkaufen. Der Ururgroßonkel hatte ständig neue Methoden ausgetüftelt, wie man Mäuse am besten fing. Heute kann man sich nicht mehr vorstellen, wie wichtig gut funktionierende Mausefallen einmal waren. Unser Vorfahre war aber auch Dichter, Sänger und Revolutionär gewesen, der irgendwann nach Brasilien ausgewandert war, weil er wegen staatsfeindlicher Umtriebe eingekerkert und füsiliert werden sollte. Kathy erzählte von alten Briefen, in denen er berichtet habe, wie er in Brasilien zusammen mit Alexander v. Humboldt den Amazonas und den Orinoko befahren habe. Angeblich sei er mit Humboldt auf der Schildkröteninsel und auf dem Chimborazo gewesen. Kathy meinte, ohne ihn wären Humboldt und Bonpland niemals bis auf den Gipfel gekommen, und er sei allein, anders als die beiden, bis auf die eisige Bergspitze geklettert. Kathy erzählte auch von meinem Vater, der Archäologe gewesen sei und alle Straßen des Römischen Imperiums habe kartieren wollen. Zuletzt habe er nach einer Straße gesucht, die 300 nach Christus in gerader Linie von Kastell zu Kastell durch die Wüste von Resafa bis zum Euphrat geführt hätte. Wegen dieser, irgendwo unter dem Sand verborgenen, römischen Militär- und Handelsstraße habe der Archäologe uns verlassen.

. . .

In Rosarius' Zimmer auf der Risahöhe lagen überall zerlesene Bücher mit Kommentaren an den Rändern oder über den Text gekritzelten Bemerkungen, kleine Zeichnungen, Hefte, in die er in den letzten Jahren Tausende Wege- und Straßennamen geschrieben hatte. Pilgerpfade, Kieswege, Namen von kopfsteingepflasterten Wegen für marschierende Truppen und Pferde, für den Verkehr mit Ochsenkarren. Tabula Peutingeriana, Straßen, die von China durch den Orient bis nach Europa führten, keltische Wege, Wege aus der La-Tène-Zeit, Via Militaris, Via Publica, Via Privata, alle Straßen des Römischen Imperiums, Via Claudia Augusta (15 v. Chr., erbaut unter Drusus) vom Veneto über Verona, Bozen (Pons Drusi), Meran (Statio Maiensis), durch den Vinschgau, über den Reschenpass, über Finstermünz und den Fernpass, über Füssen (Foetes) nach Augsburg (Augusta Vindelicorum), von dort über die Alpen nach Italien über die Via Raetia über Partenkirchen (Parthanum), Mittenwald (Scarbia) nach Innsbruck (Veldidena), über den Brenner nach Verona. Straßen, die vom Altertum bis in die Gegenwart Städte und Siedlungen miteinander verbanden. Straßen durch Wüsten, an Meeresküsten entlang, ein riesiges Spinnennetz aus Pfaden, Gassen, Schotterstraßen, Ringstraßen, holprigen Feldwegen zwischen Dörfern, aber auch Fernstraßen zwischen Metropolen, Straßen durch Wälder und Felder, durch alle Länder unserer Gedanken und Träume.

. . .

Als Annie im März 2002 zum ersten Mal das Zimmer
von Rosarius betrat, murmelte dieser immerzu «Peeh»,
ein Laut, über den sie sich zunächst wunderte. Sie wusste
damals noch nicht, dass Peeh der Name der Frau gewesen war, die Rosarius sein Leben lang geliebt hatte,
wusste noch nicht, dass sie von seiner Lebensgeschichte
in den Bann gezogen werden würde, von bruchstückhaf-
ten Erinnerungsbildern, von leise dahingemurmelten
Wörtern, einem Singsang, dem sie bald aufmerksam
lauschte, bald folgte wie Sirenenklang.

Wie Annie später erfahren sollte, war Rosarius kurz
vor dem Krieg, im Frühjahr 1938, geboren. Als sie
sich begegneten, feierte er gerade seinen vierundsech-
zigsten Geburtstag. Rosarius hatte noch volles krauses
Haar, eine spitze gerade Nase und hellblaue lebhafte
Augen. Auf dem Tisch in seinem kleinen Zimmer im
Altenheim standen ein Plastikkerzenständer mit aus-
wechselbaren Geburtstagszahlen, ein Blumenstrauß von
seinem Freund Karl Höger und Reste eines Zitronen-
sandkuchens, von dem Rosarius aß, indem er mit der
Zeigefingerkuppe auf die Kuchenkrümel drückte, den
zittrigen Finger zum Mund führte, um dann die Krümel
genussvoll abzulecken.

Rosarius wohnte seit zwei Jahren im Seniorenstift auf
der Risahöhe, seit er nicht mehr allein leben konnte. Er
war, wie er erzählt hatte, in seiner Jugend und bis ins
frühe Erwachsenenalter hinein klein und schmächtig

gewesen, hatte damals kein Wort zu sprechen vermocht und stattdessen nur gesummt. Heute wäre er jedoch, wie Annie gleich bemerkte, ein großer stattlicher Mann gewesen, wenn er sich hätte aufrichten können, was ihm aber wegen eines Schlaganfalls nicht mehr möglich war. Der Schlaganfall hatte eine halbseitige Lähmung hervorgerufen und kleine Verletzungen in seinem Gehirn hinterlassen, weshalb Rosarius oft verwirrt war. Er schien dann nicht zu wissen, wo er sich befand, redete sehr langsam und leise, machte lange Pausen, schien nachzudenken, versuchte sich offenbar zu erinnern, wartete auf Wörter und Gedanken, die vielleicht in seinem Kopf wimmelten wie Millionen winzige blinde Tierchen, er summte dabei und murmelte, kaum hörbar, im Rollstuhl sitzend, vor sich hin.

. . .

Annie half Rosarius aus dem Rollstuhl, setzte ihn auf die Bettkante, zog ihm die Hose aus, machte ihn für die Nacht fertig. Er saß mit spillerigen, vernarbten Beinen auf dem Bett, und wie eine rotbraune Nacktschnecke richtete sich sein Geschlecht langsam aus dem krausen Schamhaar auf, wurde schön und samtweich. Er murmelte währenddessen irgendetwas im Eifeler Dialekt, einem Singsang, den sie immer noch nicht verstand, obwohl sie schon einige Jahre in Kall lebte. Dann zitierte er kaum hörbar ein paar Wörter aus dem «Hyperion», *stille, stille, sage nicht, daß das Schicksal uns trennt, wir sind's*. Rosarius konnte ganze Passagen des «Hyperion» auswendig, der ein Teil seiner Sprache zu sein schien. Wenn er Annie ansah und in ihr Peeh zu erkennen glaubte, strahlten seine blauen Augen vor Glück, in diesem Moment hatte er etwas von einem klugen, spitzbübischen Jungen. Erinnerte sich Annie später daran, dann sah sie immer dieses glückliche Gesicht vor sich. Oft fragte sie sich, wie diese Frau wohl ausgesehen hatte, von der er immerzu erzählte, sie versuchte sich Peeh vorzustellen, wie Rosarius sie beschrieben hatte. Manchmal schien er geistig vollkommen klar zu sein, erwartete sie dann ungeduldig, um ihr von seiner Mutter Kathy, Peeh, Vincentini und einem Schatz, den der verrückte Strohwang gesucht hatte, zu erzählen. Die meiste Zeit aber memorierte er wie in Trance Straßennamen, als würde er sich im Labyrinth einer anderen Welt befinden.

Rosarius hatte keine Angehörigen oder Verwandten mehr. Viele seiner Bücher, Aufzeichnungen, Habseligkeiten und wenige Fotografien aus seiner Jugend lagerten irgendwo in der Remise, wo sich auch die Besitztümer anderer Heimbewohner befanden. Dinge aus einem früheren Leben, für die kein Platz mehr in den kleinen Zimmern war.

. . .

Hin und wieder kam Karl Höger von Kall zur Risahöhe hinauf, um Rosarius zu besuchen, manchmal erschien auch Edgar Lambertz, ein Enkel Strohwangs, der glaubte, Rosarius wisse etwas über den Verbleib seines verschollenen Großvaters und dessen Schatz, den dieser jahrzehntelang in der Gegend von Kall gesucht hatte. Lambertz war knöchrig, hatte fettiges, zurückgekämmtes Haar, trug einen Ohrring und ein Kinnbärtchen, an dem er dauernd herumzupfte. Annie konnte Lambertz vom ersten Moment an nicht leiden. Karl Höger hingegen fand sie sympathisch, er war ein freundlicher Mann, der sein ganzes Leben lang als Lastwagenfahrer gearbeitet hatte. Höger hatte einen der großen Steinlaster gefahren, die früher Tag und Nacht zwischen dem Zementwerk und dem Kalksteinbruch gependelt waren. Rosarius war gern mit ihm im Büssing in der Gegend herumgefahren. Höger hatte beim Fahren von Ortschaften und Kontinenten erzählt, von fernen Ländern und Städten, hatte davon geredet, als würde er das alles genau kennen, als wäre er tatsächlich überall auf der Welt gewesen. Seinen ersten schweren Schlaganfall hatte Rosarius in der Fahrerkabine von Högers Lastwagen erlitten.

«Ich habe das erst gar nicht bemerkt, bis er plötzlich begann, komisches Zeug zu murmeln, und dann keine Wörter mehr fand», hatte Höger ihr erzählt. Höger hatte Annie auch gesagt, Rosarius habe selten die Eifel und die Gegend um Kall verlassen und doch sei er in Gedanken überall auf der Welt gewesen, wisse viele Dinge, auch wenn er seltsam und einfältig erscheine. «Verglichen mit dem, was wir über unser Leben und die Welt wissen könnten, sind wir doch alle dumm», hatte Höger zu ihr gesagt und sie dabei angesehen, gegrinst und mit seinen lustigen Augen gezwinkert. Seit seiner Pensionierung lebte er bei seiner Tochter, die ihn hin und wieder mit ihrem Auto bei Rosarius absetzte, dann zum Einkaufen ins Industriegebiet fuhr und ihn auf dem Rückweg wieder abholte.

. . .

Die Gebäude des Altenheims waren einst Verwaltungsgebäude des Bleibergwerks gewesen. Sie trugen die Namen der Stollen Risa und Viktoria, Bergwerksstollen, in denen früher einmal Hunderte von Menschen gearbeitet hatten. Die Häuser standen in einem verwilderten Park zwischen alten Eichen und Kastanienbäumen. Am Rande des Parks blühten Rapsfelder, die sich bis zu einem Birkenwäldchen erstreckten, oberhalb dieses Wäldchens begann das Bergschadensgebiet, eine eingezäunte, bleiverseuchte Gegend mit berghohen rotbraunen Geröll- und Kieshalden, dem Aushub eines einstmals großen Bergbaugebietes, wo jetzt nur noch Heidekraut und einige krüppelige Zirbelkiefern gediehen.

Annie saß während der Pause unter dem Vorbau des Lieferanteneingangs. Auf dem Gartentisch krabbelten Ameisen, deren Pfad zwischen einem Aschenbecher und Schokoladenkeksen verlief. Die Ameisen schleppten Larven, verschwanden mit ihnen unterhalb des Tisches in den Bodenrissen des Mauerwerks, da sie wahrscheinlich im Keller ihr Nest hatten. Annie dachte an das, was Rosarius erzählt hatte, an all die Haare, die der Friseur Delamot in seinen Keller hatte rieseln lassen. Sie fragte sich, was der wohl damit gemacht hatte. Es hatte keinen Zweck, Rosarius zu fragen, er antwortete nicht, sondern erzählte nur und wob ein Gespinst von Erinnerungen, in dem er sich selbst schon lange nicht mehr zurechtfand.

In der Küche wurde das Abendessen zubereitet, Geschirr klapperte, ein Radio spielte, der Ventilator blies Kochdunst nach draußen. Annie drehte sich eine Zigarette, rauchte und blickte auf die Rapsfelder, deren ranziger Geruch herüberwehte.

Gerade reparierte Bellarmin am Rande des Parks den Zaun des Truthahngeheges. Sein Hemd hatte er ausgezogen und über einen Strauch gelegt. Annie gefiel dieser schmächtige junge Mann, sie mochte seine bedächtigen, irgendwie edlen Bewegungen. Wenn er seiner Arbeit in Haus und Garten nachging, sah sie ihm gerne zu. Sie hatte ihm heimlich – nur für sich allein – den Namen Bellarmin gegeben.

Annie brachte das Abendessen mit einem Rollwagen in den Aufenthaltsraum, danach auf die Zimmer zu den Bewohnern, die im Bett lagen. Für Rosarius schnitt sie Brote in kleine Happen und tunkte sie in seinen Tee, danach bezog sie sein Bett frisch, half ihm beim Waschen, nahm ihm seine Zahnprothese aus dem Mund, spülte sie unter fließendem Wasser ab und legte sie in einen Becher.

. . .

Rosarius war überzeugt, seine Peeh endlich wiedergefunden zu haben. Anfangs hatte Annie noch versucht, ihm das auszureden, mittlerweile glaubte sie selbst, diese Frau zu sein. Sie setzte sich in den Sessel am Bett, schloss ihre Augen und hörte Rosarius' Gemurmel zu. Er redete scheinbar wirres Zeug, zählte Straßennamen auf, Straßen des Römischen Imperiums, Straßen, die durch die Eifel nach Rom führten, von dort nach Libyen und durch die Wüste bis ans Rote Meer. Es schien, als würde er alle Straßen und Wege, die es je gegeben hatte, kennen. Dabei summte er, bekritzelte Blätter seines Heftes, die er dann ausriss und in den Spalt zwischen Wand und Bett steckte. Seine Lippen, Zähne und Zunge waren mit Tinte beschmiert, da er die Angewohnheit hatte, an der Füllfeder zu saugen.

Rosarius hatte nie richtig schreiben gelernt. Er formte seine Buchstaben und Wörter in einer winzigen, krakeligen, schwer zu lesenden Schrift. Mittlerweile konnte Annie sein Gekritzel einigermaßen entziffern. Sie dachte an den Schatz, von dem er redete. Was wäre, wenn es ihn wirklich gäbe. Sie träumte davon, sich von dem Geld einen der verlassenen Siedlungshöfe in der Gegend zu kaufen und Pferde zu halten. Dann müsste sie nicht länger als Pflegerin in einem Altenheim arbeiten.

· · ·

Rosarius sprach leise von seiner Liebe zu Peeh. Annie glaubte nicht an diese Art Liebe, sie glaubte gar nicht an die Liebe, nirgendwo auf der Welt. Peeh, murmelte Rosarius, *warum erzähle ich dir und wiederhole mein Leiden und rege die ruhelose Jugend wieder auf in mir? Warum bleib ich im Frieden meines Geistes nicht stille?* Annie knipste den Fernseher aus, den eine Tagesschwester eingeschaltet hatte. Sie schaute neugierig in die Schubladen des alten Mannes. Rosarius erzählte, wie er in den Nachkriegsjahren mit Vincentini über die Dörfer gefahren war, zuerst, um von den Fliegerbomben zersplitterte Baumstämme aufzukaufen und an Holzfabriken weiterzuverhökern, später, als dieses Geschäft nichts mehr einbrachte, war Vincentini mit einem elektrischen Akupunkturgerät, das er Perseus nannte, durch die Eifel gereist und hatte kranke Leute behandelt.

Der Perseus war ein schuhkartongroßer Kasten. Wenn man ihn aufklappte, erblickte man im Inneren ein Bedienfeld mit zwei Regelknöpfen und eine goldene Anzeigenadel, die über einer Stromskala zitterte. In der rechten oberen Ecke war das Bildnis des griechischen Helden eingraviert, der die Meduse besiegt hatte. Vincentini war überzeugt gewesen, der Perseus helfe gegen jede Art von Krankheit, gegen Angst, Bluthochdruck, Bronchitis, Depressionen, Frigidität, Hautleiden, Herzschwäche, Verstopfung, Impotenz und sogar gegen Verblödung.

Rosarius redete von seiner Mutter Kathy, von seinem Vater, dem Archäologen, der auf der Suche nach einer unter dem Sand verborgenen alten Römerstraße durch die Wüste gereist war, erzählte die Geschichte von Strohwangs Schatzsuche. Mit einem Mal hörte Annie dem alten Mann aufmerksam zu, sah in sein schmunzelndes Gesicht, beobachtete, wie er in sich hineinlächelte. Seine Lippen bewegten sich kaum, während er murmelte, seine Augen unter den geschlossenen Lidern rollten. Vielleicht erfuhr sie mehr von diesem Geheimnis, sie musste Rosarius zuhören, als erzeuge seine Sprache, dieses Geflecht aus Erinnerungen, so etwas wie eine schöne Melodie.

Kathy war meine Mutter, ja, ich glaube, sie war wirklich meine Mutter. Kathy erzählte mir so viel. Sie dachte, ich verstehe nichts, sie wollte einfach nur mit jemandem reden, erzählen, was sie bewegte. Wenn sie es erzählt hatte, ging es ihr gleich viel besser. Vielleicht hat das Leben nur den Sinn, dass man am Ende jemandem eine Geschichte erzählt. Peeh, *weil die Sprache ein großer Überfluß ist, das Beste bleibt doch immer für sich und ruht in seiner Tiefe.* Ich war nie sicher, ob das, was Kathy sagte, der Wirklichkeit oder nur ihrer Fantasie entsprang, ich weiß nicht einmal, ob ich ihr leiblicher Sohn bin, obwohl sie mich liebevoll ihren Jungen und ihr einziges Glück nannte. Ich muss wohl Kathys Sohn gewesen sein, denn ich kann mir nicht vorstellen, dass man sich jemanden wie mich freiwillig aussucht, es sei denn, man ist verrückt. Einmal, als sie sehr traurig war, erzählte sie, wie man sie abgeholt und in eine Klinik eingesperrt hatte, wo man ihr alles herausoperiert hatte, womit sie Kinder hätte bekommen können. Kathy war manchmal schon verrückt, traurig und übergeschnappt. Einmal meinte sie, sie habe mich gefunden wie die vielen Dinge, die sie einfach aufsammelte und mit nach Hause brachte. Vielleicht stimmt das ja, oder aber es stimmt nicht, und sie hat mich wirklich geboren. Ich stelle mir vor, wie ich aus Kathy gepresst worden bin und geschrien habe, laut und gellend geschrien und dann mein Leben gehabt habe, aber ich weiß jetzt nicht mehr, wie ich alt geworden bin, was alles passiert ist. Ich weiß nur, es müssen unendlich viele Dinge geschehen sein, und es muss Millionen über Millionen Dinge gegeben haben, Gerüche, Farben, Gefühle und Töne, Worte und Gedanken, bis ich hierherkam, wo ich nur noch herumliege und warte, bis ich sterben werde, zu Staub zerfalle, der schweben wird, winzige, im Sonnenlicht glimmende Staubpartikel, die irgendwann irgendwo auf Wegen, Straßen, auf Autos, in Wimpern, Grashalmen, in Nasen schnüffelnder Hunde hängen, Partikel, die Liebende auf ihren Lippen beim Küssen schmecken, die dann wieder im leisen Hauch aufwirbeln werden, über die ganze Erde hinweg, eine weite Reise, bis irgendwer mich einatmen wird, ohne dass er es merkt, und nichts mehr von dem da ist, was vorher war.

. . .

Annie wusch die alten Menschen, zog die Betten ab, achtete darauf, dass sie ihre Tabletten nahmen, wechselte Windeln oder Betteinlagen, holte frische Handtücher. Zuerst hatte sie sich vor den Gerüchen geekelt, den Exkrementen, vor welker Haut, aber mit der Zeit hatte sie sich daran gewöhnt, nahe am Verfall und Tod zu arbeiten. Es schien sie verändert zu haben. Annie machte meist Spät- oder Nachtdienst, ihre Kolleginnen waren verheiratet, hatten kleine Kinder und zogen daher Tagesschichten vor. Sonst hatte sie nicht viel mit ihnen zu tun, redete nur das Nötigste, sie galt als etwas sonderbar. Vielleicht lag es an Rosarius, dass sie noch im Altenheim arbeitete, vielleicht wollte sie wissen, was seine Geschichte gewesen war, oder vielleicht auch wegen Bellarmin, mit dem sie ab und zu sprach, zu dem sie sich hingezogen fühlte, obwohl er zehn Jahre jünger war als sie. Bellarmin hatte sein Studium unterbrochen und arbeitete seither als Hausmeister auf der Risahöhe, mehr wusste sie nicht von ihm.

Annie verstaute mit Bellarmin den Nachlass einer vor Kurzem verstorbenen Bewohnerin. Sie trugen die Habseligkeiten aus dem Zimmer der Frau durch den Park in die Remise, ein altes Gemäuer, in dem dicht gedrängt ausgemusterte Schränke standen. Schränke mit Kleidern sowie Kisten, Koffer, Bücher Verstorbener, die in aufeinandergestapelten Kartons an der Ziegelsteinwand verrotteten. Annie holte Kleidungsstücke aus einem

Karton, probierte manches an, betrachtete sich im langen Lodenmantel in einem fleckigen Kleiderschrankspiegel, drehte sich wie im Tanz, hängte dann den Mantel in einen Schrank und steckte Mottenkugeln in die Manteltaschen. Vielleicht könnte sie den Mantel im Winter brauchen. Annie versorgte sich gelegentlich mit Kleidung aus dem Nachlass der Verstorbenen. Bellarmin gab ihr ein Heft, das er in einem Karton gefunden hatte, es enthielt die akribischen Reisenotizen und Tagebucheintragungen eines Archäologen, der im Orient eine Römerstraße gesucht hatte. Bellarmin sagte, er wolle den ganzen Nachlass der alten Leute in der Remise sichten und ordnen, Regale für die Bücher bauen, da sie sonst in der Feuchtigkeit bald nass und dann zerfallen würden. Er hatte Annie versprochen, alles, was Rosarius gehörte, für sie beiseite zu legen. Annie wusste noch nicht, was sie damit anfangen sollte, wollte die Sachen aber dennoch haben, wollte nicht, dass sie in die Hände von Lambertz gerieten. Vielleicht bargen sie ja ein Geheimnis, dem sie auf die Spur kommen konnte.

Am 12. September 1939 übernachtet der Archäologe in Montpellier in einem kleinen Hotel nicht weit vom Place de la Comédie entfernt. Er hört abends in der Hotelbar, dass die Deutschen in Polen einmarschiert sind. In sein Tagebuch notiert er, er fühle sich, als sei er im letzten Moment dem tiefen Rachen eines fürchterlichen Untiers entkommen. Am nächsten Tag fährt er mit seinem umgebauten Bus weiter nach Cordoba. Der Archäologe beabsichtigt, zuerst nach Marokko zu fahren, von dort durch Algerien nach Tunesien, Libyen und Palästina, er folgt alten römischen Militär- und Handelsstraßen durch die Wüste. Er sucht nach antiken Straßen, die nach seinen Studien einst existiert haben, eine dieser Straßen führte von Resafa, einem Kastell in der Syrischen Wüste, zum Roten Meer und ist unter dem Wüstensand spurlos verschwunden. In Algeciras setzt der Archäologe zunächst mit der Fähre über nach Tanger, fährt von dort auf Landstraßen weiter bis Tetouan, kommt in dichtem Nebel in Larache an. Am nächsten Morgen wartet er, bis die feuchten Zeltplanen getrocknet sind, baut das Zelt ab und fährt nach Essaouira. Am darauf folgenden Tag macht er Notizen, kurze Eintragungen, manchmal nur einzelne Wörter, vermerkt Dinge, die er wahrgenommen hat und die ihm bedeutsam erscheinen. Einmal schreibt er, das ganze Leben bestünde aus nichts als diesen Wahrnehmungen, Spuren, die sich irgendwann in der Zeit verlieren. Er beschreibt seine Fahrt durch die Berge um Agadir. Als er das Ballungsgebiet von Agadir verlässt, wird die Straße bucklig, und der Bus schwankt durch große Löcher. Die Sommerhitze flimmert über der ebenen Landschaft zwischen Hohem Atlas und Anti-Atlas. Die Straße an der atlantischen Küste im Westen Afrikas führt mal am Meer entlang, dann wieder ins Landesinnere. In den Straßendörfern stehen lehmrote Häuser, in denen sich im Erdgeschoss eine Werkstatt, ein Geschäft, Wohnungen mit verschlossenen Läden oder vergitterten Fenstern befinden, darüber aufgemauerte Etagen ohne Dach und mit leeren Fensteröffnungen. Weiter entfernt von der Landstraße sind die Häuser einstöckig und von hohen, mit Stroh durchmischten Lehmmauern umgeben. Am 27. September 1939 erreicht der Archäologe Mhamid in Marokko, übernachtet in einem schäbigen Hotel am Stadtrand, kauft am nächsten Tag Wasser, füllt seine Reservekanister mit Diesel auf und baut seinen Bus für die Sandpisten der Wüsten um. In sein Tagebuch schreibt er, die antiken römischen Straßen seien, wegen ihres schnurgeraden Verlaufes, auch nach Jahrhunderten im Gelände noch wiederzufinden, denn ein langer gerader Schnitt durch die Landschaft hinterlasse immer eine Spur. Die antiken Architekten verwendeten zum Nivellieren ein als Chorobat bezeichnetes Gerät. Mit ihm konnte man exakt gerade Straßen planen und bauen. Die nachantiken Straßen, die mittelalterlichen Straßen und die Straßen der Neuzeit wurden gewunden angelegt und nicht mehr schnurgerade, um auch Nahziele, kleine Dörfer und Städte zu erreichen. Die Welt verändert sich, sie wird immer mehr zu einem unentwirrbaren Knäuel, einem Labyrinth von Wegen und Straßen. In seinem schäbigen Hotelzimmer betreibt der Archäologe Kartenstudien. Danach werden seine Eintragungen kein Datum mehr haben. Alles sei in der Wüste zeitlos geworden, schreibt er, alle Erinnerungen würden hier zu wirbelndem Staub über einer endlosen flimmernden Ebene. Er folgt den römischen Heerstraßen durch das Karmelgebirge: der Via Maris, eine Küstenroute der Römer, die Europa und Nordafrika in Nord-

Süd-Richtung verband, sie führte von Griechenland, dem Küstenverlauf folgend, durch Kleinasien, über Beirut nach Ostrazine, von dort durch das Nildelta nach Kairo, der Via Nova Traiana (114 n. Chr.) entlang in die Provinz Arabia, von Bostra in Syrien nach Aila am Golf von Aquaba. Eine Straße, die von Resafa quer durch die Wüste nach Nikephorion verlief, wo sie die Euphrattal-Straße kreuzte. Diese Straße ist auf keiner Karte eingezeichnet. Sie verband einmal die Alte Welt mit Indien und China. Das Ziel des Archäologen ist Resafa, eine antike Ruinenstadt in der Wüste im Norden Syriens.

· · ·

Annie schob Rosarius im Rollstuhl durch die langen Flure des Altenheims bis zum Aufenthaltsraum, stellte ihn dort an seinen gewohnten Platz am Fenster. Alle Heimbewohner, außer den Bettlägerigen, saßen dort vom Frühstück bis zum Abend auf ihren festen Plätzen an den Tischen, sahen fern oder hatten ihren Kopf auf die Tischplatte gelegt und dösten, andere redeten über Begebenheiten aus ihrem Leben; Dinge, die so fern und nah erschienen wie Grillenzirpen an einem Sommerabend. Eine hagere Frau zog ihre Pantoffeln aus, rollte die Strümpfe von den Beinen, blickte wie eine sich ängstlich duckende Katze umher, streifte heimlich ihre hautfarbene Unterhose herunter und schlüpfte schließlich mit ihren dürren Ärmchen aus der Bluse. Sie saß nackt am Tisch, redete davon, wie sie als junges Mädchen auf der Flucht vor den Russen in einer Scheune vergewaltigt worden war. Dann zog eine Pflegerin sie wieder an und schimpfte mit ihr.

Rosarius saß den ganzen Tag vor sich hin murmelnd am Fenster, blickte auf die Wiese, wo mehrere Truthähne durchs Gras stolzierten und kollerten, um eine Henne anzulocken. Sie spreizten ihre Schwanzfedern und bliesen den Halssack auf, der ebenso wie ihr Kopf nackt war. Ihre Gesichtspartie und der Scheitel waren blau, zwischen ihren Augen hing über dem zuckenden Schnabel ein roter Hautlappen. Rosarius beobachtete ihren seltsamen Tanz. In seinem Kopf entstanden Bilder, Worte, Farben, es war, als würde er mutterseelenallein in einem Meer treiben und nach Perlen tauchen, die in Muscheln verborgen auf dem Grund schimmerten. Oft wusste er nicht, woran er sich erinnerte, ob es überhaupt er selbst war, der da sprach.

Das Jahr 1948, der Krieg war seit drei Jahren vorbei. Ich war zehn Jahre alt, zu klein und zu schmächtig für mein Alter. Ich konnte gerade über den Küchentisch gucken und immer noch nicht sprechen. Kathy sagte, sie habe mich, so, wie ich war, viel besser vor den Nazis verstecken können. Dass ich so schweigsam geblieben sei, sei schon gut gewesen, alles im Leben sei für irgendetwas gut. Die Nazis hätten Kinder wie mich ihren Müttern weggenommen und ihnen schlimme Dinge angetan. Deshalb habe ich die ersten Jahre meines Lebens versteckt auf dem Dachboden gelebt. Den Winter über habe ich da oben gefroren. In Decken eingehüllt wartete ich auf den Frühling und meine Schwalben, meine Schwalben, die den Winter im warmen Süden zugebracht hatten, die nach ihrer Rückkehr unter dem Dachvorsprung Nester aus Lehm, ihrem Speichel, Kuhhaaren und Federn bauten und ihre Brut großzogen.

Vincentini hatte Kathy schon vor dem Krieg gekannt, war aber erst danach ihr Liebhaber geworden. Es war ihm gelungen, Kathy aus dem Heim, in das die Nazis sie eingewiesen hatten, wieder herauszuholen. Vincentini sagte, irgendwas stimme mit Kathys Kopf nicht mehr, seit sie dort gewesen war. Kathy war, fand ich, sehr schön, und sie ging freizügig mit ihrem Körper um, jeder, der ihr gefiel, konnte ihn haben.

Vincentini verdiente in den ersten Nachkriegsjahren viel Geld, indem er den Bauern das von Bomben zersplitterte Holz ihrer Wälder abkaufte und es teuer an Holzfabriken weiter verhökerte, die daraus Spanplatten machten. Er war ein Händler und Geschäftemacher, der mit allen Lebensumständen gut zurechtkam, ein Mensch, der ganz nett sein konnte, aber auch schrie und tobte, je nachdem, in welcher Laune er gerade war. Vincentini behauptete, von Italienern abzustammen, vielleicht sogar von einem römischen Legionär, einem Triarier oder Zenturio. Ihm gehörte die Pension, die Kathy mehr schlecht als recht führte. Er war immer großzügig zu Kathy und mir, dafür musste ich ihn später auf seinen Verkaufsfahrten begleiten. Er blieb meist zwei oder drei Tage bei uns, dann brach er wieder zu seinen Holzgeschäften auf und ließ sich einige Wochen oder auch Monate nicht blicken.

. . .

Rosarius lag wach und wartete auf Peeh. Er sah sie vor sich, als wäre sie wirklich im Zimmer, so konnte er mit ihr reden, ihr seine Geschichte erzählen, berichten, was alles während ihrer langen Abwesenheit geschehen war.

Annie räumte Wäsche in den Schrank, setzte sich dann zu ihm, hielt seine Hand, hörte zu, ohne zu wissen, was sie eigentlich von Rosarius erfahren wollte. Wie so oft memorierte er aus dem «Hyperion». *Schau ich hinaus und überdenke mein und dein Leben, sein Steigen und Sinken, seine Seligkeit und seine Trauer und meine Vergangenheit lautet mir dann oft wie ein Saitenspiel, wo alle Töne nochmals erklingen.*

Annie stellte das Kopfteil am Bett höher, bis Rosarius aufrecht im Bett saß, legte ihm eine Serviette um, führte den Schnabelbecher an seine Lippen. Rosarius verschluckte sich, etwas Kaffee lief ihm aus dem Mund. Nachdem er getrunken hatte, stellte Annie das Kopfteil wieder herab. Rosarius sank mit dem Kopf ins Kissen und schloss seine Augen. Als Annie das Zimmer verlassen hatte, den Flur hinunterging, hörte sie Rosarius wieder flüstern.

I m Frühling 1949 – die Mehlschwalben waren aus der afrikanischen Savanne zurückgekehrt, flogen zu ihren Nestern unterm Dach, krallten sich mit ihren Füßchen am Nestrand fest und fütterten ihre Jungen – lag ich in Kathys Bett, hörte dem jungen Schwalbenschwatzen zu und blickte auf die Wiese, wo die Eltern herumsegelten und Mücken fingen, wo die Berlepsch-Apfelbäume standen, sah Muster, alles hinterließ unzählige unterschiedliche Muster in meinem kleinen Kopf, Muster, wieder andere Muster, Melodien, Symmetrien, Spiegelungen, schwebende Blütenblätter, zirkelnde Mehl- und Rauchschwalben, Mauersegler, Muster aus Farben, Tönen, Gerüchen, unendlich viele übereinandergezeichnete geometrische Figuren, die sich in Klänge verwandelten und in den Geschmack des Berlepsch-Apfels. Kathy sagte, ich sei anders als andere Kinder. Ich konnte noch nicht sprechen, mit elf Jahren brachte ich keinen einzigen vernünftigen Ton heraus, nur manchmal summte ich leise. Kathy setzte mich irgendwo ab. Ich blieb dort hocken, bis sie zurückkam. Es war, als existiere keine Zeit. Vielleicht gibt es keine Zeit, vielleicht gibt es Orte in uns ohne Zeit, und vielleicht lebte ich damals dort. Wenn Pensionsgäste im Haus waren, stand Kathy früh auf, bereitete das Frühstück für die Gäste, meist waren es Sommerfrischler oder Monteure, die im Zementwerk Reparaturarbeiten durchführten. Ich hörte Kathy unten in der Küche reden und hantieren. Sie kam, nachdem die Gäste gefrühstückt hatten, wieder hoch, zog sich aus und schlüpfte zu mir ins Bett, nahm mich in den Arm, und schon war sie wieder eingeschlafen. Sie konnte damals noch gut schlafen. Später hat sie kaum noch geschlafen, ist immer unruhig in Kall und überall in der Umgebung umhergelaufen, hat mit sich selbst oder mit dem abwesenden Archäologen geredet. Kathy erzählte mir, er sei vor dem Krieg in die Eifel gekommen und die Römerstraßen entlanggewandert. Straßen, die im 3. Jahrhundert nach Christus von Colonia Agrippina durch die Eifel nach Trier, durch das ganze Imperium Romanum geführt hätten. Der Archäologe hatte die römische Heerstraße Augusta Treverorum erkundet, die von Köln nach Trier verlaufen und beim Königsfeld durch einen Bergsporn getrieben worden war. Während Kathy von meinem angeblichen Vater erzählte, kuschelte ich meinen Kopf zwischen ihre Brüste, als wäre ich noch ein Baby. Kathy hatte weiße Haut mit blauen, sich verzweigenden Äderchen, die sich auf ihren Brüsten schlängelten, jenen schönen, weichköpfigen Brüdern, die ganz still neben mir lagen.

· · ·

Annie streifte ihre Schuhe ab, stellte einen Fuß auf die Sesselkante, raffte ihr Kleid hoch, beugte sich vor und entfernte mit einem Wattebausch den Lack von ihren Fußnägeln. Sie besuchte Rosarius auch dann, wenn sie dienstfrei hatte. Sie legte ihre Wange ans Knie, säuberte ihre Fußnägel mit einem scharf riechenden Lösungsmittel und hörte dabei Rosarius zu. Sie war bald wieder von seiner Geschichte gefangen, vielleicht lag es daran, dass sie allein war, dass sie glaubte, Rosarius zu verstehen und einen Sinn in seinem eigentümlichen Leben zu finden, wo es doch eigentlich für nichts auf der Welt einen ursprünglichen Sinn gibt. Bisher jedenfalls hatte sie das geglaubt. Annie fragte Rosarius, welche Nagellackfarbe sie auftragen solle. Sie hatte viele Nagellackfläschchen im Rucksack, hatte die Angewohnheit entwickelt, sich ständig die Fußnägel zu lackieren. «Sie dürfen sich eine Farbe aussuchen», sagte sie und kramte in ihrem Rucksack, zeigte ihm die Farben. Lila wie dunkler Flieder, Rot wie Johannisbeeren oder Gelb wie Mais, gesprenkelt mit glitzernden Pünktchen. Rosarius lächelte und zeigte auf das fliederfarbene Fläschchen. Sie lackierte damit ihre Fußnägel, erzählte Rosarius von Azzurro und den anderen Pferden, dass sie auf der Weide in einem Stall unter dem Stroh, Sattel und Zaumzeug versteckt habe, berichtete, wie sie in ihrer Freizeit mit dem Motorroller zur Pferdeweide bei den Windkrafträdern fuhr, um heimlich mit Azzurro auszureiten. Der Bauer, auf dessen Weide er stand, hatte zwar nichts dagegen, dass sie die Pferde besuchte, wollte aber nicht, dass sie auf ihnen ritt. Der Besitzer aus der Stadt kümmerte sich nur wenig um Azzurro, der sich von niemandem außer von Annie reiten ließ. Rosarius schwieg, aber es hatte den Anschein, als würde er ihr zuhören. Er runzelte die Stirn, seine Hände schwebten wenige Zentimeter über der Bettdecke, als würde er eine Melodie in seinem Inneren dirigieren.

Die Meerfelder Straße führte durch Buchenwälder, dann an Lavagruben mit Tuffgestein vorbei. Vincentini streckte seine Hand aus dem Seitenfenster. Nieselregen, große schillernde Regenbögen, unter denen wir dahinfuhren, plötzlich sagte er, *der Mensch sei ein Gott, wenn er liebe.* Densborner Straße, Gillenfelder Straße, an den Maaren vorbei. *Es scheiden und kehren im Herzen die Adern und einiges, ewiges, glühendes Leben ist alles, alles, alles.* Ahrenrather, Bergweiler, Salmtaler Straße. Ich lag mit dem Kopf in Kathys Schoß, sah zum Himmel auf, so viele Himmel, so unendlich viele Himmel und Wolken und das Gerede von Vincentini. Habseider, Irrler, Schönecker, Katzwinkler Straße. Vincentini hielt an, sagte, er müsse sich die Beine vertreten und nachdenken. Er verschwand im Unterholz, streifte wie ein Faun im Wald umher. Kathy erzählte vom Archäologen, der gerade irgendwo in der Wüste sei, von ihrer großen Sehnsucht nach ihm.

. . .

Annie fuhr um die Mittagszeit mit ihrem Motorroller auf die Unterführung des Bahndammes zu, tauchte in den Schatten des Tunnels ein, an dessen Wände Jugendliche über Nacht Graffiti gesprüht hatten. Sie fuhr in ein kleines Tal hinunter, über eine Steinbrücke, an einem Umspannwerk vorbei, mitten durch blühende Rapsfelder.

Das Fenster im Zimmer stand weit auf, der Vorhang bauschte sich wie das Segel eines kleinen Bootes, das vom Ufer aufs offene Wasser hinaustreibt. Rosarius lag schläfrig in diesem Boot und sprach leise vor sich hin. Er redete in einem Dämmerzustand, wobei chemisch-elektrische Reaktionen in seinem Kopf zu Worten wurden, vielleicht war dies die verschlüsselte Summe seines Lebens, was zuletzt übrig blieb, ein Gespinst aus Erinnerungen, Bildern, Gefühlen und Dingen, die in keinem Buch der Welt zu finden sind. *Ich kann nur hie und da ein Wörtchen von ihr sprechen*, murmelte Rosarius, *ich muß vergessen, was sie ganz ist, wenn ich von ihr sprechen soll.* Er öffnete die Augen. Zitronenfalter gaukelten im Zimmer umher, setzten sich auf Sonnenflecken an der Wand. *Ich muß mich täuschen, als hätte sie vor alten Zeiten gelebt, als wüßt ich durch Erzählung einiges von ihr*, ein Geschirrwagen rappelte über den Flur, Türen wurden geöffnet und geschlossen.

Rosarius hatte den Füller wiedergefunden, kritzelte Straßennamen in sein Heft, *wenn ihr lebendig Bild mich nicht ergreifen soll, daß ich vergehe im Entzücken.*

Er wartete auf Annie. Eine andere Pflegerin betrat das Zimmer, sie schüttelte den Kopf, als sie den alten Mann so reden hörte. Sie schloss das Fenster, nahm Rosarius den Füllfederhalter ab, mit dem er seine Bettdecke bekleckst hatte. Die Pflegerin schimpfte mit ihm wie mit einem unartigen Buben, warf einige seiner Bücher und den Füller in einen Karton zu Zeichnungen und Heften, in die er in den letzten Jahren Hunderte von Straßennamen notiert hatte, unmöglich, dass jemand so viele Wege im Kopf behalten konnte. Im Karton befanden sich neben den Blättern und Heften von Rosarius die Notizen und Zeichnungen des Archäologen.

Die Ruinenstadt Resafa war einst Teil des östlichen Limes (Limes Arabicus), dort wo das antike Römische Reich gegen die Perser verteidigt wurde. In der flachen Steppenwüste ist die hohe, lange Umfassungsmauer schon von Weitem erkennbar. In römischer Zeit lag der Ort an der im 3. Jahrhundert n. Chr. errichteten Strata Diocletiana, einer wichtigen Militär- und Karawanenstraße. Resafa war in der Antike ein bedeutender Stützpunkt römischer Legionäre, die im Bereich zwischen Euphrat und Palmyra die Karawanenstraßen kontrollierten. Resafa liegt südlich des Euphrats fünfundzwanzig Kilometer vom Abzweig der Euphratstraße in al-Mansura entfernt. Vier Kilometer vor Resafa findet der Archäologe in der Nähe eines ausgetrockneten Brunnens die Reste eines Chorobat, mit dessen Hilfe die Römer ihre schnurgeraden Straßen angelegt hatten. Vitruv beschreibt in «De Architectura» im zehnten Buch über die Baukunst den Chorobat als einen zwanzig Fuß langen Richtscheit mit gleichmäßig gefertigten Schenkeln, die an den Enden nach dem Winkelmaß eingefügt sind. Zwischen dem Richtscheit und den Schenkeln befinden sich mit Einzapfungen festgemachte schräge Streben. Diese Streben haben lotrecht aufgezeichnete Linien, und jeder Linie entspricht ein Bleilot, das von den Richtscheiten herabhängt. Wenn das Richtscheit aufgestellt ist und alle Bleilote die eingezeichneten Linien gleichmäßig berühren, zeigt das Chorobat die waagrechte Lage an. Wahrscheinlich hatte in Resafa die verschwundene Straße, nach der der Archäologe sucht, ihren Ausgangspunkt. Vielleicht ist sie nur eine festgetretene, mit Steinen begrenzte Piste, irgendwo unter dem Wüstensand verschwunden.

. . .

Es war ein heißer Junitag. Annie trug ein leichtes Baumwollkleid und Sandalen, die ihre lackierten Nägel zeigten. Als sie das Zimmer betrat, flüsterte Rosarius: «Peeh, bist du das?» Sie sprachen immer im Flüsterton miteinander. Annie wunderte sich, dass Rosarius trotz seines Alters noch ein derart gutes Gehör besaß. «Ja, ich bin da», antwortete sie ebenso leise. Sie hatte es aufgegeben, auf ihrem richtigen Namen zu bestehen. Es hatte keinen Sinn, für Rosarius war sie Peeh. Rosarius lag im Bett, blickte zur Wand, seine zittrigen Finger tasteten über die Raufasertapete. Neben dem Fenster stand ein Tisch, darauf ein Fernseher, eine Messingvase mit Plastikblumen neben halb vollen Mineralwasserflaschen. Rosarius trank zu wenig. Annie goss Wasser in eine Schnabeltasse, gab ihm zu trinken, danach legte er sich wieder hin und drehte den Kopf zur Wand, tastete mit den Fingerkuppen über die unzähligen kleinen Punkte auf der Tapete, als würde er darin eine Geheimschrift vermuten, murmelte Passagen aus dem «Hyperion», *mein ganzes Wesen verstummt und lauscht, wenn die zarte Welle der Luft mir um die Brust spielt.* Er summte, wie er es als kleiner Junge getan hatte, als er noch nicht sprechen konnte. *Verloren ins weite Blau, blick ich oft hinauf an den Äther und hinein ins heilige Meer, eines zu sein mit Allem, das ist das Leben der Gottheit, das ist der Himmel des Menschen. Eines zu sein mit Allem.* Annie rückte den Sessel neben das Bett, setzte sich und hörte dem alten Mann zu. *Und mir ist, als öffnet' ein verwandter Geist mir die Arme, als löste der Schmerz der Einsamkeit sich auf ins Leben.* Während des Wochenenddienstes hatte sie mehr Zeit, konnte hin und wieder eine Weile ungestört an seinem Bett sitzen, aus dem Fenster sehen, zu den im Abendwind zitternden Zweigen, und dabei seinen vergangenen, entschwindenden Erzählungen lauschen, einem Meer von Geschichten. Rosarius verwechselte Jahreszahlen, politische Ereignisse, nahm irgendwo den Faden wieder auf, redete vom «Hyperion», woraus Vincentini ihm wieder und wieder auf den Verkaufsfahrten vorgelesen hatte, bis Rosarius schließlich viele dieser Zeilen auswendig kannte.

. . .

Als Annie am Abend ins Heim kam, ging Bellarmin gerade in der Dämmerung mit Rucksack und Fernglas zu den Bleisandhalden hinauf. Sie wäre ihm gerne gefolgt, sie wollte mit ihm reden, in seiner Nähe sein. Manchmal übernachtete Bellarmin oben auf dem Plateau unter freiem Himmel und kehrte erst im Morgengrauen zurück. Annie nahm Rosarius' Füller aus der Kommode und tauschte die leere Patrone gegen eine volle aus, obwohl man ihr das wegen der Kleckereien von Rosarius verboten hatte. Sie legte den Füller in die Kommode zurück unter die Taschentücher, dann setzte sie sich ans Bett. Rosarius erzählte wieder von seiner Peeh, Annie schloss die Augen und hörte ihm zu.

Peehs Mutter war mit dem Apotheker aus Kall verheiratet. Als sie erfuhr, dass ihr Mann seit Jahren mit einer anderen Frau ein Verhältnis hatte, dem zwei Kinder entsprungen waren, verließ sie mit Peeh Hals über Kopf die schöne gemeinsame Wohnung über der Apotheke an der Bahnhofstraße. Nach ihrem Auszug wohnten die beiden bei uns in der Pension. Das war im Frühjahr 1951, ich war dreizehn Jahre alt. Ich sprach immer noch keinen Ton, gab nur ein monotones Summen von mir. Peeh lief von der Terrasse, wo Kathy mit ihrer Mutter saß, zu mir auf die Wiese und stand plötzlich vor mir. Sie sah interessiert zu, wie ich im Dreck grub, versunken in meine Welt. Ich suchte ständig nach Krümeln, Steinchen, Knöchelchen von Mäusen und Maulwürfen, legte sie zusammen, betrachtete alles, sortierte wieder neu, weil ich etwas suchte, bei dem alles zusammenpasste. Ich sah zu Peeh auf. Sie hatte blonde lockige Haare, im Gesicht viele Sommersprossen. Es waren so viele wie bei mir, große und kleine, insgesamt 967 mit denen unter ihrem Kinn, am Hals und an den Armen. Besonders schöne waren unter ihren Augen und an den Nasenflügeln, von denen einige winzig, andere groß wie Streusel waren. Überall schwebten Samen von Wiesenflockenblumen. Sie hockte sich zu mir und blickte mich fragend an. Weil sie nicht wollte, dass ich ihrer rufenden Mutter antwortete, legte sie einen Finger an ihre Lippen. Aber sie brauchte keine Angst zu haben, dass ich auf ihre Mutter reagierte, ich habe ja nie etwas gesagt, zumindest die ersten dreiundzwanzig Jahre meines Lebens nicht.

Sie flüsterte: «Was machst du da?» Ich konnte ihr nicht antworten, selbst wenn ich hätte sprechen können. Sie pflückte ein Stängelchen vom Erdrauch, steckte die winzige purpurne Blüte zwischen meine Steinchen und Knöchelchen. Im ersten Moment wollte ich schreien und alles zerstören, wie sonst, wenn mich jemand in meinem Sortierspiel störte. Ich habe sie aber nur angesehen, ihre Augen, ihre Sommersprossen. Ich wusste plötzlich, dass alle Dinge, die ganze Welt, Peeh und ich zusammengehörten. Ich bemerkte verwundert, wie schön sie war, und verliebte mich in sie. Sie war das, was mir immer gefehlt hatte, um all die verwirrenden Dinge auf der Welt besser zu ertragen. Dann kam ihre Mutter zu uns, schimpfte und zog Peeh von mir weg. Von da an spielten wir heimlich auf der verwilderten Wiese unter den Berlepsch-Bäumen, kletterten die Stämme hoch, schaukelten an den Ästen. Wir liefen im nahe gelegenen Buchenwald durch Schützengräben, die in einen Unterstand führten, in dem es nach feuchtem, modrigem Laub roch. Wir saßen am Rand des Steinbruchs, wo ich später arbeiten würde, sahen zu, wie Lastwagen mit Kalkgestein beladen wurden, wie große Käfer aus dem riesigen Loch herauskrabbelten und über die Landstraße nach Kall und Sötenich zum Zementwerk fuhren.

. . .

Annie saß am Küchentisch in ihrer kleinen Wohnung. Sie war gerade von der Nachtschicht gekommen, hatte sich einen Tee gekocht und machte sich nun Notizen, um Zusammenhänge zwischen den seltsamen Dingen zu erkennen, die Rosarius erzählte. Annie versuchte, sich das ganze verwirrende Flechtwerk seines Lebens in seinen Einzelheiten vorzustellen, war sicher, dass sie auf etwas stoßen würde, das tatsächlich irgendwo zwischen Wahrheit und Erfindung existieren könnte, in einem einzigen Gebäude. Annie wusste nicht, warum sie diese Dinge aufschrieb, aber allmählich entstand daraus wie von selbst so etwas wie eine Geschichte, die mit immer mehr Details angereichert wurde. Sie blätterte in den Aufzeichnungen von Rosarius, den hingekritzelten Notizen, die Bellarmin in Kartons in der Remise gefunden und ihr gegeben hatte. Bücher in lateinischer, arabischer, aramäischer und griechischer Sprache lagen auf dem Tisch. Bellarmin konnte Latein und Griechisch, er war klug und gebildet, kam aus einem vermögenden Elternhaus. Sie wusste nicht, was er auf der Risahöhe wollte. Er sprach nicht mit ihr darüber. Die meisten Bücher, die Bellarmin ihr gab, trugen Stempel der längst geschlossenen Kaller Gemeindebücherei und waren alle in den Siebzigerjahren, als man die Bibliothek aufgelöst hatte, verramscht worden. Irgendein Gelehrter aus der Gemeinde hatte diese Bücher ursprünglich der kleinen Bibliothek hinterlassen. Werke von Herodot, Plinius,

Vitruv und anderen antiken Baumeistern, Lehrbücher über Physik, Meteorologie, Medizin, Gesteinskunde, Berichte von Wüstenreisenden, Aufsätze über antike Wasserleitungen, Studien über den Verlauf des Limes im Orient, über Kastelle in der Wüste.

Bellarmin hatte einen alten Koffer des Archäologen, der mit einem Gürtel zusammengebunden war, in der Remise entdeckt und ihr überlassen. Sie wusste nicht, was sie damit anfangen sollte. Sein Inhalt bestand aus Zetteln, Notizen und alten Briefen, dem rostigen Schlüssel eines Vorhängeschlosses, einigen Steinen, rotem und ockerfarbenem Wüstensand, kleinen römischen Figuren und Tonscherben sowie einem Sommerkleid mit weißen Punkten, das vielleicht einmal Peeh getragen hatte, vermutete Annie, denn Rosarius hatte ein solches Kleid mehrmals erwähnt.

ch verstand mich mit niemandem so gut wie mit Peeh. Es machte ihr nichts aus, dass ich schwieg, dafür plapperte sie umso mehr. Ich hörte ihr gern zu, summte und sabberte dabei, bohrte in der Nase und leckte meinen Schnodder vom Finger, aß Erde mit Würmern, Asseln, und anderen Käfern. Statt Peehs richtigen Namen, Petra, auszusprechen, stotterte ich nur Peeh, was mir schon viel Mühe abverlangte. Peehs Mutter wollte nicht, dass ihre Tochter mit mir spielte, sie hielt sich für besonders fein, hatte Angst, Peeh würde von mir schlechte Manieren lernen. Wir versteckten uns, wenn sie nach uns rief.

Peeh musste jeden Tag viele Stunden Klavier üben. Ihre Mutter wollte aus Peeh eine berühmte Konzertpianistin machen, was wohl ihr eigener großer Traum gewesen war, den sie aber hatte aufgeben müssen. Sie blieben nur deshalb länger in unserer Pension, weil dort im Empfangsraum ein Konzertflügel stand. Ihn hatte Vincentini irgendwann auf seinen Touren durch die Eifel einem Bauern abgekauft, der das Instrument kurz vor Kriegsende gegen zwei Säcke Kartoffeln eingetauscht hatte, dann aber nichts damit anzufangen wusste. Der Flügel hatte jahrelang unter dem Stroh in der Scheune gestanden, bis Vincentini eines Tages vorbeigekommen war. Vincentini ließ ihn unter einer Plane auf einem Traktoranhänger zur Pension bringen. Er wollte Kathy eine Freude machen. Der Flügel war völlig verstimmt. Als der Deckel geöffnet wurde, war im Inneren alles staubig und voller Spelzen, sogar Mäuse hatten sich im

Gehäuse eingenistet. Kathy klappte den Deckel sofort wieder zu und stellte eine Blumenvase darauf. Der Flügel wurde erst wieder angerührt, als Peehs Mutter versuchsweise auf ihm spielte. Das Instrument gab nur schräge Laute von sich, und doch bemerkte Peehs Mutter gleich, dass der Flügel sehr wertvoll war. Sie ließ einen Klavierstimmer kommen, der die Mäuseskelette, den Kot, die Spelzen und den ganzen Unrat entfernte und die Saiten stimmte. Danach hatte der Flügel einen wunderschönen Klang, besonders wenn Peeh spielte. Ich hörte Peeh beim Üben zu, vernahm die Töne auch, wenn sie nicht spielte; es war, als würde es weiterklingen wie ein Echo. Bisweilen höre ich sie heute noch, aber so leise, als ob sie viele Jahre entfernt in einer anderen Zeit, an einem Ort spielt, den es nicht mehr gibt.

Auch wenn ich nicht sprechen konnte, behielt ich fast alles, wovon aber niemand wusste. Weil ich keine Wörter für die Dinge hatte, dachten alle, ich sei blöde und könne mir nichts merken. Sie dachten, man könne sich nur auf ihre Weise erinnern. Daher benahmen sich die Menschen in meiner Gegenwart, als sei ich nicht vorhanden, redeten und taten, was sie wollten, denn ich würde es ohnehin niemandem sagen können. Ich fühlte mich, als würde ich mit einer Tarnkappe herumlaufen, war jemand, der gar nicht vorhanden war. Nicht einmal Kathy sprach mit mir, um mir etwas mitzuteilen, sondern sie redete nur mit sich selbst. Ebenso wie Vincentini, wenn ich mit ihm auf seinen Verkaufsfahrten unterwegs war, endlos von dem Perseusgerät und vielen anderen Dingen erzählte. Das Schlimme war, ich behielt selbst den größten Unsinn. Vielleicht vergaß ich nichts, weil ich mit niemandem reden konnte, vielleicht sprechen die Menschen nur miteinander, um Dinge endlich zu vergessen.

Teil 2

. . .

In der Empfangshalle des Altenheims befand sich eine Galerie alter Fotografien des Bergwerkes. Sie zeigten die Verwaltungsgebäude inmitten des Parks, die Aufbereitungsanlagen am Schafsberg, unterschiedliche Förderanlagen, das Hügelland zwischen Kermeter und Kahlenbusch und den Broogberg, wo Strohwang nach seinem Schatz gesucht hatte. Auf den Bildlegenden war zu lesen, dass hier einmal das größte Bleibergwerk Europas gestanden hatte, in dem Hunderte Bergleute beschäftigt waren. Auf einer Fotografie wimmelten sie zahlreich wie Ameisen in einer Grube, auf einer anderen marschierte die musizierende Bergwerkskapelle bei einem Umzug durch Kall. Annie stand in der Empfangshalle, betrachte die historischen Bilder und Ansichtskarten. Verblasste Fotografien von Arbeitern mit Schaufel und Hacke neben einer Lore, Fotografien der Bedienungsmannschaften vor der Dampflok und dem Dampfbagger, von Bergleuten bei Bohrarbeiten zum Vortrieb einer Strecke im Untertagebau, Arbeitern beim Gebet vor der Einfahrt in den Stollen. Auf einer Fotografie sah man Bergassessor Franz Ehring, ein glatzköpfiger Mann mit Hornbrille, an einem Rednerpult bei der Festansprache zum Bergfest. Einige Monate später trat er vor die Belegschaft und verkündete das Ende des Bergbaus in der Eifel. Weitere Fotos zeigten die Sprengung des großen Förderturms, der Aufbereitungsanlagen, des Königspochwerks. Geblieben waren die berghohen Bleisandhalden, der Broogberg und der Malakowturm am Brackwassersee sowie die Verwaltungsgebäude, in denen sich jetzt das Altenheim befand.

. . .

Eine graue Wolkenschicht lag seit Tagen über der Ebene. Die Truthähne draußen im Garten schienen dieses Wetter zu mögen, sie stolzierten umeinander und plusterten ihr Gefieder auf. Schwester Magda knöpfte vorsichtig das Nachthemd der zierlichen toten Greisin auf, die einmal Balletttänzerin gewesen war. Noch vor zwei Tagen hatte sie im Aufenthaltsraum getanzt. Sie hatte seit Jahren alles vergessen, wusste weder ihren eigenen Namen, noch erkannte sie jemanden wieder. Doch ihr Körper hatte sich nach seinen eigenen Erinnerungen bewegt, nach der Choreografie eines Tanzes, mit dem sie einst auf bedeutenden Bühnen Europas Erfolge gefeiert hatte. Vor Jahren hatte Annie in der Stadt in der Theaterkantine gearbeitet und heimlich bei Proben zugesehen. Sie liebte den staubigen Geruch, der aus den Kulissen strömte, die biegsamen grazilen Körper in Scheinwerferkegeln, die schwebend erschienen wie Elfen.

Annie berührte die dürren Finger und Füße der gerade gestorbenen Frau, spürte den Tod, seine leibhaftige Anwesenheit, wie er unsichtbar umherzuwandeln schien und sich in die Körper schlich, darin heimlich lebte. Sie blickte durch das geschlossene Fenster in den verwilderten Park und weinte.

«Hilf mir endlich», sagte Magda. Annie verstand sich nicht gut mit ihr, wusste, dass sie hinter ihrem Rücken bei den Kolleginnen über sie herzog, weil sie sich zu

sehr um Rosarius kümmerte, ihm immer wieder Schreib-
zeug gab, mit dem Rosarius, nach Magdas Meinung,
doch nur sinnloses Zeug kritzelte und ihnen mit seinen
Kleckereien unnötige Arbeit machte. Sie fasste vorsichtig unter den Kopf der Tänzerin. Gemeinsam mit
Magda drehte sie die Frau zur Seite. Die Haut der Toten
hatte eine gelbe Färbung angenommen, nur ihr Rücken
wirkte noch lebendig. Während Annie die Tänzerin
festhielt, seifte Magda den Waschlappen ein, reinigte
Rücken, Gesicht, Hals, Hände und Ohren, trocknete
mit dem Handtuch alle Körperstellen gründlich ab,
wusch dann Brust, Bauch und Achselhöhlen. Annie
suchte im Schrank nach einem schönen Nachthemd,
schnitt der Tänzerin die Fingernägel, kämmte ihre
Haare und glättete die Augenbrauen mit einem Tupfer
Creme, knetete ihre Finger geschmeidig und faltete zuletzt ihre knochigen Hände zusammen. Später kehrte
sie allein noch einmal zurück, lackierte die Zehennägel
der Tänzerin und cremte ihre kleinen Füße ein.

Peeh wohnte ein Jahr, bis zum Herbst 1952, mit ihrer Mutter bei uns in der Pension, bis sich die Mutter schließlich wieder mit ihrem Mann, dem Apotheker, versöhnte. Sie wollte auch nicht, dass ihr Kind noch länger mit mir zusammen war, sie meinte, Peeh übe nicht genug Klavier, da sie viel lieber mit mir herumstromere. Den Flügel kaufte sie Kathy ab.

Peeh besuchte damals in Kall die Schule, wo ich auch hätte hingehen müssen, wenn ich nicht zu blöde gewesen wäre. Kathy war mit mir wegen meiner Dummheit und Aphasie bei einem Spezialisten in der Stadt gewesen. Der Arzt hatte erklärt, ich hätte nur ein halbes Gehirn, die andere Hälfte, auf der sich normalerweise das Sprachzentrum befinde, sei nur ein milchiger Brei, eine Grütze, die bei mir nur dazu da sei, damit es nicht hohl klinge, wenn man auf meine Schädeldecke klopfe, was er dann auch gemacht hatte. Er hatte dabei gelacht und Kathy zugezwinkert, und es hatte tatsächlich kein bisschen hohl geklungen. So habe ich nie eine Schule besucht, habe auch nicht richtig schreiben gelernt. Ich wäre gern zur Schule gegangen, schon weil Peeh dort war.

Ich war traurig, als Peeh nicht mehr bei uns wohnte, denn ich hatte niemanden mehr, der mit mir spielte. Ich saß stundenlang allein auf dem Waldboden, suchte Muster und Symmetrien, irgendetwas, das sich wiederholte, denn ich mochte es gerne, wenn sich Dinge wiederholten. Ich glaube, alles wiederholt sich, auch wenn wir es nicht merken, denn wenn es anders wäre, könnten wir gar nicht leben. Wenn ich keine Ähnlichkeiten mehr zwischen Dingen sah, schrie und kreischte ich wie ein Irrer. Deswegen und weil ich meine Schnürsenkel nicht binden konnte und immer noch zu klein und zu schmächtig für mein Alter war, ließ man mich nicht in die Schule gehen. Manchmal, wenn eine Fichtennadel vom Waldboden verschwunden war, weil eine Ameise sie weggeschleppt hatte, ging es mir schlecht, stundenlang suchte ich nach der Nadel, denn es war ja eine ganz besondere Nadel, die genau da hingehörte, eine besondere Form und Farbe hatte und so einzigartig wie keine andere Fichtennadel auf der Welt war. Durch Blattwerk fiel Sonnenlicht, das an Zweigen und Spinnweben und auf dem Waldboden leuchtete, wo ich immer noch nach der winzigen Nadel suchte, während über mir Buchfinken, Sommer- und Wintergoldhähnchen sangen, ein Kleiberweibchen geschickt an Baumstämmen auf- und abkletterte und dabei Insekten und Spinnen suchte, die sich in den Ritzen der Borke versteckt hielten. Ich blieb gern bis zum Abend im Wald, dann hingen Sterne an den Zweigen, so unerschöpflich viele wie Fichten, Kiefern- und Tannennadeln, die die Waldböden der ganzen Welt bedecken.

. . .

Rosarius saß den ganzen Tag an seinem Fensterplatz und sah zu den Truthähnen hinaus, deren Gefieder grau schimmerte. Manchmal summte er Worte, als würde er sie aus- und einatmen, als wären sie Teil einer Melodie, eine fremde Gewalt, die ihn irgendwann endlich ins Grab legte, eine Gewalt, von der er nichts wusste. Die Truthähne waren schon im Garten gewesen, als Rosarius zum ersten Mal im Pflegeheim aufwachte. Damals hatte er geglaubt, er wäre in der Unterwelt angekommen. Ständig hatte er von Peeh gesprochen und Passagen aus dem «Hyperion» geraunt und in fremden, selbst erdachten Sprachen geredet. Erst langsam war es ihm besser gegangen, hatte er wieder bestimmte Dinge und die Wirklichkeit wahrgenommen.

Aus Rosarius' Mundwinkel rannen Speichelfäden. Er weigerte sich an diesem Abend, sein Essen einzunehmen. Annie fütterte ihn. Danach ging sie zum Klavier im Empfangsraum. Das Klavier hatte lange ungenutzt dort gestanden. Sie zog das staubige Tuch weg, legte es über eine Stuhllehne, ihre Finger berührten zaghaft die Tastatur. Sie hatte viele Jahre nicht mehr gespielt. Ihre Fingerkuppen erinnerten sich, als sie die Tasten spürten, wieder an Melodien, an Lieder, die ihre Mutter ihr als kleines Mädchen beigebracht hatte. Rosarius wurde aufmerksam, als er die ersten Töne hörte. Er begann zu summen, glaubte, diese Melodien zu kennen, summte, wie er als kleiner Junge gesummt hatte. Er schaukelte unruhig lächelnd in seinem Rollstuhl, bis er schließlich umkippte und hilflos auf dem Boden lag. Annie eilte hinzu, richtete ihn mithilfe einer Kollegin wieder auf, setzte sich zu ihm und versuchte ihn zu beruhigen.

Als Mitte der Fünfzigerjahre Vincentinis Holzgeschäfte nicht mehr gut liefen, verschwand er und war für einige Zeit wie vom Erdboden verschluckt. Seine Pension wurde verkauft, und wir zogen von Keldenich nach Kall, wo Kathy in der «Wäscherei & Reinigung» Moog unterkam. Sie nahm dort Kleidungsstücke entgegen, befestigte jeweils einen Zettel mit Nummern daran, legte sie in einen Korb. Danach wurde die Wäsche in einen Raum gebracht, wo sie durcheinander auf einem großen Haufen lag. Im Dunkel des fensterlosen Raums befanden sich nur Kleider. Ich lag oft den ganzen Tag unter ihnen. Sie schütteten Körbe mit Wäsche über mir aus. Anzüge, Röcke, Kostüme, Vorhangstoffe aus Seide und Wolle, Popelinemäntel, Ball- und Hochzeitskleider, Trikots der Fußballmannschaften, die Kittel des Apothekers, Sartorius' Polizeiuniformen, Rüschenblusen der Kirchenchorsängerinnen, Delamots Friseurkittel, Anzüge des Schuldirektors, die Mieder vieler Frauen. Betäubt von diesen Gerüchen lag ich mit ausgebreiteten Armen leise summend im Dunkel. Ich schwebte glücklich im Duft von spitzen, festen, kleinen und vollen Brüsten, im Schweiß von Schamhaaren, roch genau, wer mit wem zusammen gewesen war, dachte mir Geschichten aus, die geschehen waren oder einmal geschehen würden. Einmal roch ich Berlepsch-Äpfel in einem walnussbraunen Kleid mit erbsengroßen weißen Punkten, Peehs Kleid. Ich wollte nicht, dass es gereinigt wurde. Ich wollte immer wieder an ihm riechen und mich erinnern. Ich nahm ihr Kleid, versteckte es und gab es nie wieder her, auch nicht als Kathy wegen des verschwundenen Kleides viel Ärger bekam.

Im Herbst, wenn die Berlepsche reif waren, lief Kathy mit mir abends nach Keldenich zu der Wiese vor unserer früheren Pension. Der neue Besitzer hatte die Wiese eingezäunt. Wir krochen unter dem Zaun hindurch, schlichen zu unserem Berlepsch-Baum. Ich kletterte an seinem Stamm hoch, pflückte seine Äpfel und reichte sie Kathy hinunter, die sie behutsam in einen Korb legte. Dann liefen wir zum Broog, wo wir uns auf unsere Bank setzten und Äpfel aßen. Ich dachte an Peeh, daran, wie ich mit ihr im Baum gesessen hatte und Berlepsch-Mus aus ihrem Handteller geleckt hatte, sie mich dabei ein wenig schielend aus leuchtenden Augen angesehen, dann wieder etwas Mus auf ihre Hand gespuckt und mit der anderen Hand über meinen Glatzkopf gestreichelt hatte, während ich das Mus gierig aus ihrer Hand leckte.

Kathy hat mir bei der Bank immer von ihrem Archäologen erzählt und ist dabei dicht am Felsenabgrund balanciert. Ich hatte Angst, dass sie hinunterfällt, aber sie behauptete allen Ernstes, sie könne fliegen, und blieb mit ausgebreiteten Armen vor dem Abgrund stehen. Ich war beruhigt, wenn sie sich wieder zu mir auf die Bank setzte: An unserem Platz war einmal eine Wüste gewesen, eine Wüste wie dort, wohin der Archäologe gereist war. Wir saßen oft bis zum Morgen auf der Broog-Bank, dann musste Kathy wieder in der Reinigung arbeiten.

Auf der Straße, die an der Reinigung vorbeiführte, ratterten Tag und Nacht Steinlastwagen vorbei, Gesteinsbrocken und Dreck fielen auf den Bürgersteig und zerplatzten. Wenn es regnete, bespritzten die Lastwagen das Schaufenster. Kathy schimpfte deswegen über die Fahrer, von denen manch einer für eine halbe Stunde zu ihr kam und mit ihr im Bügelzimmer verschwand, danach verließ er gut gelaunt die Wäscherei, setzte seine Tour fort und fuhr tage- und nächtelang weiter im Kreis. Die Steinlaster transportierten Kalkgestein vom Steinbruch durch Kall hindurch nach Sötenich zum Zementwerk, fuhren dann durch das Dahlbendener Tal, über Urft nach Keldenich zurück, wo kurz vor Keldenich der Steinbruch lag. Sie fuhren in den Steinbruch, luden Gestein auf, das sie zum Zementwerk transportierten. Wenn Kathy nachmittags in der Reinigung arbeitete, fuhr ich oft in einem der Lastwagen mit. Dabei lernte ich Karl Höger kennen. Höger war damals noch ein junger Mann, der gerade seinen Lastwagenführerschein gemacht hatte. Er träumte davon, Auslandstouren zu fahren. Höger hielt als Einziger immer an, wenn ich an der Straße stand. Ich kletterte die hohen Tritte zur Fahrerkabine hinauf und setzte mich neben ihn auf den Beifahrersitz. Sonntags ging ich mit Kathy ins Kino, wir sahen «Ben Hur», den «Schatz im Silbersee» oder «Lawrence von Arabien». Meinen Vater stellte ich mir ungefähr wie Lawrence vor, als schlanken Mann mit hellen, stechenden, blauen Augen, der durch die Wüste wanderte und nach unter dem Sand verborgenen römischen Straßen suchte. Kathy erzählte mir, sie sei mit dem Archäologen im Kino gewesen. Abends nach der Vorstellung sei sie mit ihm zum Broogfelsen gegangen. Sie erzählte, wie er sie in die Arme genommen und geküsst habe, jedes intime Detail schilderte sie, weil sie annahm, ich verstünde nichts. Ich glaube, bestimmte Dinge kann man niemandem sagen, noch nicht einmal sich selbst. Ich begriff damals kein Wort, es war, als würde alles um mich herum rauschen, ein Brei, der zwischen Dingen, Worten und Melodien lebte und so schmeckte wie Mus aus Berlepsch-Äpfeln und Peehs Speichel.

· · ·

Annie fuhr nach dem Nachtdienst auf ihrem Motorroller zur Pferdewiese. Sie trug die bunte Wollmütze der verstorbenen Tänzerin, einen Schal und eine warme Jacke. Auf dem Weg zu Azzurro kam sie am Schnellrestaurant im Industriegebiet vorbei. Sie entschloss sich, dort zu frühstücken, setzte sich ans Fenster, aß einen Cheeseburger, trank dazu einen Milchkaffee und blickte zur Schnellstraße auf vorbeirauschende Fernlastzüge. Als sie vor Jahren nach Kall gezogen war, hatte sie die ersten Monate in diesem Restaurant gearbeitet. Sie war damals noch mit Gabriel zusammen gewesen, der einige Wochen später zu seiner Frau und den Kindern zurückgekehrt war. Als man ihr im Restaurant gekündigt hatte, hatte sie auf der Risahöhe angefangen zu arbeiten. Zuerst hatte sie in der Küche ausgeholfen, später war sie als Hilfspflegerin eingestellt worden. Sie hatte seither nichts mehr von Gabriel gehört. Vor einigen Tagen hatte er eine Nachricht auf der Mailbox ihres Telefons hinterlassen, die sie, ohne sie anzuhören, gelöscht hatte. Sie fröstelte, obwohl es im Restaurant angenehm warm war.

Nachdem sie gefrühstückt hatte, fuhr sie am Möbelgeschäft Brucker vorbei, durch einen Kreisverkehr und dann aus dem Ort hinaus. Oben auf dem Berg thronte eine Dorfkirche, die auf einem ehemaligen römischen Kastell errichtet worden war; nachts wurde sie von Scheinwerfern angestrahlt. Annie befand sich nun auf der Straße der Steinlaster, der Straße, auf der Rosarius durch die ganze Welt gereist war. Das Zementwerk, für das die Wagen Kalkgestein transportiert hatten, hatte seit einigen Jahren die Produktion eingestellt, den Supermarkt mit der Cafeteria, in dem Rosarius als Hilfskraft gearbeitet hatte und von dem er oft redete, gab es noch. Annie glaubte Rosarius jetzt, dass es Peeh und all die anderen, von denen er ihr erzählte, wirklich gegeben hatte, vielleicht auch Strohwangs Schatz. Sie wollte alles so aufschreiben, wie es in Rosarius' Erinnerung gewesen war.

Kurz vor Keldenich bog sie auf den holprigen Feldweg ab, der zu den Windkraftanlagen führte. Sie fror, ruckelte auf dem Sitz, um sich zu wärmen. Sie konnte es kaum erwarten, Azzurro wiederzusehen. Drei Tage war sie nicht bei ihm gewesen. Die Pferdeweide lag neben einem Stromhäuschen, nicht weit entfernt ragten die dicken Türme der Windkraftanlagen in den Morgenhimmel. Als sie näher kam, hörte sie das Brummen der sich langsam drehenden Rotoren. Azzurro stand inmitten der Herde, sein Fell war weißgrau, mit dunklen Tupfen. Als der Hengst auf die Weide hinauslief, löste sich seine Gestalt im Nebel auf, und er war beinahe unsichtbar geworden.

Nachdem Annie ihren Roller vor dem Stromhäuschen geparkt und den Helm abgenommen hatte, sah sie den Hengst freudig herantraben, er reckte seinen Hals über den Zaun, schnaubte und ließ sich streicheln. Annie hatte Möhren aus der Küche des Altenheims mitgebracht. Sie fütterte zuerst Azzurro, dann, als sie über die Wiese zum Stall ging, folgten ihr auch die anderen Pferde zögerlich. Sie legte sich im Schuppen ins Heu und sah zur Herde hinüber. Annie kannte sich mit Pferden aus, sie hatte auf einem Hof gearbeitet und wollte Pferdewirtin werden. Aber alles, was sie bisher angefangen hatte, war misslungen. Doch jetzt hoffte sie, dass sich etwas ändern werde, sie träumte davon, Azzurro zu kaufen, einen Pferdehof zu besitzen. Der Hengst war bestimmt nicht teuer, da er sich von niemandem außer ihr reiten ließ. Aber sie verdiente gerade genug, um leben zu können.

Annie nahm den «Hyperion» aus dem Rucksack, ein altes Reclam-Heft aus dem Besitz des seltsamen Vincentini, das ihn durch den Krieg begleitet und das er immer bei sich getragen hatte, als er mit dem Perseus durch die Eifel gefahren war. Sie hatte den «Hyperion» in Rosarius' Nachtkommode gefunden und das Büchlein an sich genommen. Jetzt, da sie wieder darin las, erkannte sie Worte wieder, Worte, die Rosarius gemurmelt hatte. Mit der Zeit gewöhnte sie sich an Hölderlins poetische Sprache. Hyperion, der Diotima liebte, sagte zu seinem Freund Bellarmin: *Ich hatt ihr nichts zu geben, als ein Gemüt voll wilder Widersprüche, voll blutender Erinnerungen, nichts hatt ich ihr zu geben, als meine grenzenlose Liebe mit ihren tausend Sorgen, ihren tausend tobenden Hoffnungen.* Annie hörte das Surren der sich drehenden Windräder, sah ihre großen Flügelschatten über Wiesen und Äcker gleiten und die aufgeschreckt davongaloppierenden Pferde im Nebel verschwinden. Sie las im «Hyperion», verfolgte, wie Hyperion sich in das Zauberland der griechischen Götter begab, für die Freiheit der Griechen kämpfte und schließlich der Liebe in Gestalt von Diotima begegnete. Annie war eingetaucht in die Geschichte, die Hyperion seinem deutschen Freund Bellarmin erzählt, in sein von der Welt zurückgezogenes Leben, in die Tragik, die im Alleinsein liegt. Der Himmel schimmerte blau, die Sonnenstrahlen wärmten sie. Die Pferde grasten nun friedlich in der Nähe des Schuppens. Annie las noch immer im «Hyperion», *sie aber stand vor mir in wandelloser Schönheit, mühelos, in lächelnder Vollendung da, und alles Sehnen, alles Träumen der Sterblichkeit, ach! alles, was in goldnen Morgenstunden von höhern Regionen der Genius weissagt, es war alles in dieser Einen stillen Seele erfüllt.*

Als wir schon lange in Kall über der «Wäscherei & Reinigung» Moog wohnten, kam Vincentini eines Tages wieder. Er erschien, als Kathy abends mit der Arbeit in der Wäscherei fertig war. Mittlerweile kaufte und verkaufte er kein Holz mehr, sondern hatte ein neues Geschäftsmodell. Ein medizinisches Wundergerät namens Perseus. Vincentini erzählte, er sei zur See gefahren, habe in China den Perseus entdeckt und mitgebracht. Er saß in unserer kleinen Küche, redete unaufhörlich vom Perseus, seinen Verkaufsfahrten, den großen Heilerfolgen, den Problemen mit den Weißkitteln, wie er Ärzte verächtlich nannte, die verhindern würden, dass er die Leute mit seinem Perseus gesund mache. Die Weißkittel wollten nur Medikamente und Apparatemedizin verkaufen und hätten bereits Strafanzeige gegen ihn erstattet. Er präsentierte Kathy das Wundergerät und behandelte mich damit. Ich ertrug die Prozedur, um Kathy einen Gefallen zu tun. Vincentini glaubte tatsächlich, er könne mich mit dem Perseus von meinem Stumpfsinn heilen, könne erreichen, dass ich endlich sprechen lernte. Ich musste mich zur Behandlung ausziehen und dann auf den Küchentisch legen, während Vincentini den Perseus bereitstellte. Er zelebrierte dies, wie ein Priester, der in der Messe Weinkelch und Hostien aus dem Tabernakel holt. In die Anschlussbuchsen des Perseus steckte Vincentini Kabel, eines davon zurrte er mit einer Manschette um meine linke Hand, an das andere Kabel kam ein Stift mit fünf Silberkontakten. Wie Vincentini gewichtig erklärte, ging es um das Fließen blockierter Energien, um die Aktivierung gehemmter Blutzirkulationen in den vielfältig verzweigten Meridianen. Sie seien Pfade, Wege und Straßen im Körper, über die Energie von Zelle zu Zelle transportiert werde. Vincentini behauptete, der Perseus würde bei jeder Krankheit helfen. Allerdings sei die Behandlung eine Kunst wie die chinesische Akupunktur, wobei es darauf ankomme, die richtigen Punkte zu finden, dann erst könnten Dauer und Intensität der Stromstärken bestimmt werden. Vincentini behandelte mich jeweils zehn Sekunden mit schwacher Stromkraft an der linken und rechten Brustseite, danach neben dem Adamsapfel, da dies die Stelle sei, an der man Sprachhemmungen beheben könne. Ich hatte dabei ein Gefühl, als würde mein Hals zugeschnürt. Alsdann setzte er die Elektrode auf den Sängerpunkt an der linken Brustseite, den Kreislauf-Sexus-Meridian, dessen Behandlung entspannend wirken und freies Durchatmen ermöglichen sollte. Aber ich konnte nicht durchatmen, denn Vincentini hatte mittlerweile die ganze Küche mit seinen Zigarren verqualmt. Ich lag nackt auf dem Tisch und hustete. Er regelte die Stromstärke langsam auf den Skalenwert vier hoch, führte die Sonde über die Stelle auf der Brust, bis ich ein Kribbeln spürte. Triumphierend behauptete er, die kranke Stelle gefunden zu haben, und behandelte mich nun mit Stiften, die wie Nadeln piksten, durch die Ströme tief unter die Haut drangen. Er drückte die Sonde fester, begann mit der gezielten Heilbehandlung, redete dabei unentwegt und pries den

Perseus. Ströme flossen nun durch meinen ganzen Körper, durch Adern und feine Verästelungen, ich sah zur Decke, ertrug alles zitternd. Tausende Ameisen krabbelten auf meinem Rücken. Ich sah Farben, schwebende, schillernde, tönende Seifenblasen, die zuerst winzig waren, sich aber immer mehr aufblähten, bis sie riesengroß geworden waren und laut in meinem Kopf zerplatzten. Kathy hielt meine Hand und redete beruhigend auf mich ein, während Vincentini einen letzten Versuch an dem Punkt machte, den die Chinesen «die Sprudelnde Quelle» nennen. Aber auch diese Behandlung half mir nicht, obwohl Vincentini Jahre später behauptete, es habe am Perseus gelegen, dass ich doch noch sprechen gelernt habe.

. . .

Manchmal konnte der alte Mann die ganze Nacht nicht schlafen, erzählte und erzählte, als bestünde die Welt nur aus ruhiger, fließender Erinnerung. Er hörte die Stimme einer Krankenschwester auf dem Flur und Klavierspiel im Aufenthaltsraum. Er glaubte, es sei Musik von seiner geliebten Peeh. In Gedanken lief er durch labyrinthische Flure zu ihr, berührte zärtlich ihren Nacken, während ihre Finger über die Tasten glitten, Töne anschlugen, an deren Melodie er sich zu erinnern glaubte. Rosarius fuhr wieder mit Vincentini, dem Perseusverkäufer, von Dorf zu Dorf, er flüsterte Straßennamen. Manderscheider, Bausendorfer Straße, über die Höhenrücken, ins Flusstal hinab, über Wiesen, flatternde Krähenschwärme, *ich muß mich täuschen, als hätte Peeh vor alten Zeiten schon gelebt, als wüßt ich durch Erzählung einiges von ihr, wenn ihr lebendig Bild mich nicht ergreifen soll.* Rosarius hauchte Wörter, Weidezäune, Krähen, Kalkgestein, Lavasand, Schneckengehäuse, Schöneckener Straße, weiße Elsterfedern, endlich bogen wir auf die Dodenburger Straße ab, wir fuhren nach Dreißdorf hinunter.

Vincentini fuhr eine alte Mercedes-Limousine mit dunkelroten Ledersitzen und elfenbeinfarbenem Lenkrad, von dem er behauptete, es sei aus Walrosszähnen gefertigt. Auch Hitler habe diesen Mercedes gefahren, als er die Ordensburg und die Stauseen in der Eifel besuchte habe. Vincentini war als Junker in der Ordensburg stationiert gewesen, «ein Goldfasan», sagte er, «einer von denen, die man auswählte und zu Herrenmenschen erzog und ausbildete». Er hatte fliegen gelernt, zuerst ein Segelflugzeug, dann einen Jagdbomber, mit dem er ins Meer gestürzt war.

Wenn Vincentini in seinem Mercedes auf Verkaufsfahrt mit dem Perseus unterwegs war, trug er einen Nadelstreifenanzug, ein weißes Seidenhemd, eine dunkelrote Krawatte und seine speckige, abgewetzte Lederkappe. Bevor er zu seinen Patientinnen ging, nahm er die Kappe ab und legte sie sorgsam auf den Fahrersitz. Sofern Kathy und ich ihn auf seinen Verkaufsfahrten begleiteten, mussten wir uns auch herausputzen. Kathy trug ein dunkelblaues ärmelloses Kleid mit einem breiten weißen Gürtel, ich einen Matrosenanzug mit einer Mütze, die meine Glatze bedeckte. Vincentini holte den «Hyperion» aus dem Handschuhfach, reichte ihn Kathy nach hinten und bat sie vorzulesen. *Und wenn ich oft dalag unter den Blumen und am zärtlichen Frühlingslichte mich sonnte und hinaufsah ins heitre Blau, das die warme Erde umfing.* Vincentini sprach die Sätze hinter dem Steuer sitzend mit. Kathy hörte auf zu lesen, und Vincentini fuhr auswendig fort, *wenn ich unter den Ulmen*

*und Weiden, im Schoße des Berges saß, nach einem erqui-
ckenden Regen,* stundenlang zitierte er den «Hyperion»,
kratzte sich dabei unter seiner Kappe, paffte Zigarren
und redete weiter, *wenn die Zweige noch bebten von den
Berührungen des Himmels und über dem tröpfelnden Walde
sich goldne Wolken bewegten.* Vincentini hatte sich während des Krieges eingebildet, das dünne Heftchen könne
sein Leben retten, wenn eine Gewehrkugel zufällig genau die linke Brusttasche träfe. Während der Fahrt
durch die Eifel, von Dorf zu Dorf, lag ich mit dem Kopf
in Kathys Schoß und sah durch das Seitenfenster in den
Himmel. Kathy streichelte über meine Glatze. Vincentini schimpfte, dass Delamot mir den Kopf rasiere,
meinte jedoch, es sei auch gut, da man dann meine krausen, fuchsroten Haare nicht sehe. Vincentini behandelte
mich regelmäßig mit dem Perseus, denn ich konnte
immer noch nicht sprechen. Ich hatte durch Vincentini
gelernt, den ganzen «Hyperion» zu summen, was natürlich keiner verstand, doch ich kannte die Melodie aller
wunderbaren Worte. Kathy verteilte in Dörfern und
größeren Orten Werbekarten, auf denen der Perseus an-
gepriesen wurde. Ich stolperte meist hinter ihr her, sah
zu, wie sie die Karten in Briefkästen steckte und unter
Türen hindurchschob.

Wir fuhren manchmal wochenlang kreuz und quer
durch die Eifel, durchquerten verlassene Gegenden, in
denen Vincentini nach dem Krieg Holz aufgekauft hatte
und daher jeden Winkel und jeden Weiler kannte. Wenn
wir zu den Maaren kamen, sagte er, wir würden über

erkaltete Lava fahren, wenn man hier die Erde berührte, könne man, wenn man sensibel genug sei, tief im Erdinneren brodelndes Magma spüren. Vincentini parkte dann an Einbrüchen oder Kraterseen, die rund und spiegelnd wie riesengroße Augen immerzu den Himmel und die treibenden Wolken anstarrten. Vincentini redete von weißen Aalen, lang und dick wie Giraffenhälse, von versunkenen Dörfern, von Fischarten, die keiner je gesehen hatte, von warmen sprudelnden Quellen, von ausströmendem glühendem Magma auf dem Grunde des Maars. Während er das erzählte, zog er sich aus, legte zuletzt seine Kappe sorgsam auf den Fahrersitz und stakste dann nur mit einer Unterhose bekleidet den steilen Abhang zum Maar hinunter. Vincentini war dickbäuchig, hatte drei Brustwarzen, von denen eine verkümmert war, auf die er aber besonders stolz war und von der er behauptete, dass sie ein Atavismus und er damit der lebende Beweis für die Richtigkeit der Evolutionstheorie sei, die besage, dass eigentlich alles von allem abstamme. Seine Unterhose war dort, wo der Penis hing, ganz gelb. Die Frauen, mit denen er was hatte, und es waren viele, eigentlich alle seine Patientinnen, schien dies nicht weiter zu stören. Sein graues, welliges Haar war nach hinten gekämmt. Aus seiner dicken, bläulichen, grobporigen Nase wuchsen Haare, die Kathy ihm manchmal ausriss. Kathy sagte, Vincentini sei, was Frauen beträfe, ein Zauberer, eine Menge Abkömmlinge von ihm würden in der Eifel leben, überall dort, wo er herumgekommen war, die meisten jedoch ahnten nichts von ihrer Herkunft, könnten sie aber leicht an der Anzahl ihrer Brustwarzen feststellen. Er stapfte in seiner Unterhose ins Maar, spritzte sich im seichten Ufer stehend Wasser unter die Achseln, rief uns zu, er sei von den Nazis zum Totenkopfschwimmer und Taucher ausgebildet worden, und paddelte wie ein Hund bis zur Seemitte, wo es lauwarme Strömungen gab, lag dort auf dem Rücken, führte Selbstgespräche und blickte in den Himmel. Später kam er voller Tatendrang wieder ans Ufer.

. . .

«Es ist wieder jemand gestorben», sagte Annie zu Rosarius, der im Bett lag und vor sich hin murmelte. Sie hatte, seit sie auf der Risahöhe arbeitete, viele Tote gesehen, sie gewaschen, eingecremt, angezogen und ihre Haare gekämmt. Rosarius hatte seine Augen zugekniffen. Sie hatte Teelichter angezündet und die Deckenlampe ausgeschaltet. Die Lichter flackerten jetzt an der Wand. Draußen war es so dunkel, als gäbe es auf der Welt nichts außer diesem Zimmer. Sie saß am Bett, hatte ihre Turnschuhe ausgezogen und die Füße auf die Bettkante gelegt. Während sie ihre Fußnägel im Kerzenlicht lackierte, redete sie mit Rosarius. Es beruhigte sie, neben Rosarius zu sitzen, ihre Nägel zu lackieren und ihm von sich zu erzählen. «Vielleicht sterben wir gar nicht und leben in Geschichten weiter», schloss sie und betrachtete ihre lackierten Fußnägel.

Sie schlief im Sessel neben Rosarius ein. Als sie wach wurde, war es bereits früher Morgen. Sie hatte die ganze Nacht tief und fest geschlafen. Amselgesang hatte sie geweckt. Bellarmin kehrte gerade von einem seiner nächtlichen Ausflüge zurück, bei denen er meist ins Bergschadensgebiet zu den Sandhalden hinaufkletterte. Bellarmin ging jetzt zur Remise hinüber. Sie dachte, nicht hübsch genug für ihn zu sein, was sollte Bellarmin an ihr finden, ihre braunen Haare waren zerzaust, sie hatte ein wenig schief stehende Zähne, wenn sie lachte, sah man zu viel Zahnfleisch, vielleicht hatte sie doch schöne, rote Lippen, das hatte Gabriel immer gesagt, aber der war ein Lügner gewesen, wie alle Männer, mit denen sie bislang zusammen gewesen war. Sie schielte ein wenig und konnte niemandem richtig in die Augen schauen, ihr Gang erinnerte an einen dürren, streunenden Hund. Sie war fast dreißig, zu alt für Bellarmin und zu ungebildet. Sie hätte gerne mit ihm über die Dinge gesprochen, die Rosarius ihr erzählte. Bellarmin aber wollte allein sein, mit niemandem reden, schon gar nicht mit ihr.

Zweimal in der Woche putzte Kathy nachmittags in der Schule. Vorher trank sie in der Cafeteria des Supermarktes Kaffee und unterhielt sich mit den Leuten. Ich saß bei ihr auf einer kleinen Eckbank im Schein einer Lampe, die herumschwirrende Insekten anzog. Immer wenn ein Tierchen ins Licht flog, knackte es leise. Kathy unterhielt sich gern mit Leuten. Wenn sie jemanden nett fand, sprach sie ihn an. Sie plapperte einfach drauflos über Gott und die Welt. So war es wohl auch mit dem Archäologen gewesen. Sie war ihm als junge Frau, noch vor dem Krieg, im Zug begegnet, er hatte alleine gesessen und Landkarten studiert, auf denen die römischen Straßen in der Eifel eingezeichnet waren. Kathy hatte sich zu ihm gesetzt und ein Gespräch begonnen. Vielleicht hatte sie ihm ihr ganzes Leben erzählt, ein Leben, das fast nur aus Fantasien und Träumen bestanden hatte. Als der Archäologe sich beiläufig nach einer Übernachtungsmöglichkeit erkundigt hatte, hatte sie ihn bei der Hand genommen und hinter sich hergezogen. Sie hätten sich, eine ganze Nacht lang, geliebt und seien sich vorgekommen wie Mauersegler, die sich während des Flugs am Himmel miteinander paaren, sagte Kathy. Sie sagte auch, sie sei traurig, dass mir so etwas niemals widerfahren werde, *der Mensch sei schön und ein Gott, wenn er liebe*, aber sie wusste ja nicht, dass ich mich schon lange in Peeh verliebt hatte. Der Archäologe hatte sie damals zur Grabungsstelle am Ravelsberg mitgenommen, hatte ihr Überreste einer Villa Rustica gezeigt, Streckenabschnitte der Römerstraßen, die sich auf dem Königsfeld gekreuzt hatten, dort, wo jetzt die Windkrafträder standen. Kathy sagte, der Archäologe sei sehr klug gewesen, er habe viele alte Sprachen gekannt. Sie hörte nicht auf zu hoffen, er würde irgendwann wiederkommen. Sie weinte, wenn sie von ihm erzählte.

Wir schlenderten von der Cafeteria über den Parkplatz, gingen an Evros' Gaststätte vorbei, am Optikerladen, wechselten auf die andere Straßenseite, passierten das Reisebüro, die Bäckerei Kirschmeyer, das Rathaus und die Raiffeisenbank. Hinter der Eisdiele liefen wir über die Urft-Brücke. Wenn Kathy Geld hatte, kaufte sie mir ein Eis, an dem ich leckte, während ich die Straße zur Schule hinter ihr hertrottete. Auf dem Fußballplatz trainierten einige Jungen. Am Ende der Straße war die Schule, in der Kathy putzte. Wir überquerten den Schulhof, wo Mädchen Seil sprangen, gingen durch die Glastür in die große Aula, dann das Treppenhaus hinauf zu den Klassenzimmern. Eine Galerie führte um die Aula herum. An den Wänden hingen Wasserfarbenbilder und Gruppenfotos von Schulausflügen. Auf einem Foto war Peeh zu sehen. Sie trug das Kleid mit den weißen Punkten, das mir gehörte und an dem ich immer noch heimlich roch. Sie hatte blonde Zöpfe und lachte. Ich sah Peeh nur noch selten, weil sie mittlerweile das Gymnasium in der Stadt besuchte. Einmal übte sie in der Aula Klavier für ein Schulkonzert. Ich wagte nicht, zu ihr zu gehen, sondern versteckte mich oben auf dem Rundgang hinter der Balustrade. Sie konnte wunderschön spielen, und alle, die zuhörten, waren begeistert.

Während Kathy Klassenräume, Toiletten und die Aula putzte, saß ich meist allein in der Bibliothek. Ich nahm einen Stapel Bücher aus einem Regal und setzte mich an einen Tisch. Ich fing immer mit dem letzten Wort auf der letzten Seite an und blätterte dann schnell von hinten nach vorn. Ich glaubte, zu verstehen oder Wörter zu riechen, ein Kaleidoskop zusammengesetzter Striche, Pünktchen und Schnörkel, Fichten- und Tannennadeln, zermatschte rote Galläpfel, Bucheckern, Staub, der im Sonnenlicht schwebt, glitzernde Sterne im wirbelnden Fluss von Dingen und Geschichten. Ich blätterte fasziniert und merkte dabei nicht, wie die Zeit verging. Ich weiß nicht mehr, wie ich die Bücher verstand, vielleicht war es das Vibrieren der Wörter, die sich in Töne, Farben und Gerüche verwandelten, die ich nicht las, sondern atmete und schnupperte, die mich berührten und nach denen ich tastete und griff, bestimmt anders, als man gemeinhin etwas begreift. Es kann auch sein, dass ich mir nur einbildete, irgendetwas verstanden zu haben, weil ich jetzt einige Wörter spreche, Wörter, die doch nur leere Hülsen sind, ohne was drin, die man nicht mal auslecken kann, die nach nichts schmecken, nach nichts riechen. Früher war das anders, da hatte alles Farben und Gerüche.

· · ·

Als Annie durch den Flur lief, hörte sie Stimmen aus
dem Zimmer von Rosarius. Dort traf sie auf Lambertz,
der am Bett stand und in den Notizen von Rosarius las.
Lambertz fragte Rosarius nach dem Perseusgerät und
wollte etwas über den Schatz und die Beute des Lohn-
geldraubes erfahren, nach der Strohwang gesucht hatte.
Annie nahm Lambertz die Hefte aus der Hand und
schrie, was ihm einfalle, persönliche Aufzeichnungen
anderer Leute zu lesen. Sie hingegen durfte das lesen,
sie war ja Peeh, für sie hatte Rosarius das alles aufgeschrieben, bildete Annie sich ein, nur für sie erzählte er
seine Geschichte. *Ich kann nur hie und da ein Wörtchen
von Peeh sprechen. Ich muß vergessen, was sie für mich gewesen ist, wenn ich von ihr rede,* stammelte Rosarius gerade
aufgeregt. Sie beruhigte ihn und schickte Lambertz aus
dem Zimmer. Rosarius redete nun kaum vernehmbar
von den Forschungsreisen seines Vaters durch die Libysche und Syrische Wüste, von antiken Wasserleitungen,
Überresten römischer Siedlungen, einem an den Gren-
zen des Römischen Imperiums verschwundenen Kastell,
dem Grab von Sergios, einem römischen Offizier, der in
Resafa, einem Kastell in der Wüste, hingerichtet worden
war. Von dort sollte ein Weg durch die Wüste direkt
zum Euphrat geführt haben. Nach dieser unter dem
Wüstensand verborgenen Straße hatte der Archäologe
gesucht.

Der Archäologe lebt seit Jahrzehnten in der Wüste, er ist ruhelos auf der Suche nach seinen antiken Straßen. Mittlerweile hat er mehrere arabische Dialekte gelernt und ist kaum noch von einem Nomaden zu unterscheiden, er wandert einsam über ebene Sandflächen, dann über Geröll und Bergketten aus verkrusteten und daher scharfkantigen, brüchigen Steinen. Notizen über eine Rast an einer Wasserstelle, dort ein entdeckter Meilenstein aus der Zeit Kaiser Konstantins, der nach der Übernahme der Alleinherrschaft überall in Nordafrika die Namen seiner Mitregenten ausradieren ließ. Gipsquader, Befestigungsmauern, kleine Bodenmosaike, die ein Sandsturm freigelegt hat. In der Wüste vermodert nichts, schreibt er, es wird nur, wenn es leicht genug ist, vom Wind weggeweht und irgendwann mit Sand zugedeckt. Abends in einem stickigen Hotelzimmer notiert er in sein Tagebuch: N'Djamena im Tschad, eine kleine Siedlung, zwei Hotels, ein Paradeplatz mit Tribünengestänge, Schlaglöcher und offene Müllgräben entlang der Straße, Ziegel- und Wellblechbaracken, eine Siedlung am Rande der Zivilisation. Er kartographiert Straßen des Römischen Imperiums, macht Listen mit Fundstücken, erwähnt die undichte Ölleitung an seinem Wagen, die er reparieren muss. Abends sitzt er an der Hotelbar, wo die Arbeiter an der Theke mit einem schwarzen Mädchen flirten, das zum Restaurant gehört. Die Arbeiter gehen mit ihr hinauf in ein Separee. Geräusche des Ventilators, der sich unablässig an der Zimmerdecke dreht. Heerscharen von winzigen Stechmücken. Er träumt von einem schnellfüßigen Volk, das sich nur von Schlangen, Eidechsen und ähnlichen Kriechtieren ernährt, mit einer Sprache, die wie Schwirren klingt. Er versorgt sich am nächsten Tag mit Proviant, füllt seine Wasservorräte auf und verlässt die Siedlung um die Mittagszeit. Er fährt über Sandpisten durch die monotone Weite des Tschadbeckens, ein ausgetrockneter See, der sich kilometerweit ausdehnt, bis zum Ennedi-Gebirge im Norden hoch, nur Gluthitze und feiner rötlicher Staub, unter dem irgendwo antike Straßen und Städte verborgen liegen.

. . .

Annie nahm Rosarius den Füller aus der zitternden
Hand, legte ihn auf die Kommode, wischte mit einem
Tuch Tinte von seinen Lippen und gab ihm zu trinken.
Sie holte einzelne Blätter unter dem Bett hervor. Hun-
derte bekritzelte Blätter hatte sie mittlerweile gesammelt. Die meisten konnte sie nicht entziffern. Jetzt murmelte Rosarius wieder Straßennamen, Straßen, auf
denen er mit Vincentini durch die Eifel gefahren war.
Broicher Straße, Frohnrather, Ingersberger, Sistiger,
Gillenfelder, Wildenburger, Ramscheider, Dreiborner
Straße, dann hauchte er, *mit seinem leisesten Zauber wehte
der Himmel mich an*, Steckenborner, Nettersheimer,
Frohngauer, Blankenheimer Straße, *mild, wie ein Blüten-
regen, flossen die heiteren Sonnenstrahlen herab*. Ahrdorfer-
straße, Nonnenbacher, Baasemer, Niederadenauer, Dor-
seler Straße, *es war ein großer, stiller, zärtlicher Geist in
dieser Zeit und auf diesen Wegen*. Hünkhover, Radenba-
cher, Dahlfelder, Drehlinger Straße. Annie legte die
Blätter mit Zeichnungen von seltsamen Geräten, von
Orten in der Wüste in einen Schuhkarton, den sie vor
Lambertz im Schrank versteckte, denn der stöberte
im Zimmer herum, nahm heimlich Aufzeichnungen
von Rosarius mit. «Peeh, Peeh», murmelte Rosarius. Sie
beugte sich über ihn, versuchte ihn zu beruhigen, er
griff nach ihrer Hand, hielt sie mit tattrigen Fingern fest
und murmelte. Sie hörte ihm aufmerksam zu, als er wieder zu erzählen begann.

Wir wohnten bis zum Jahr 1956 über der Reinigung an der Sötenicher Straße, dann kündigten sie Kathy, weil Kunden sich beschwert hatten. Sie war in deren Kleidern in Kall herumgelaufen. Sie hatte tatsächlich geglaubt, es wären ihre. Kathy war oft verwirrt, erzählte kuriose Dinge. Aber es gab auch Tage, an denen sie fast normal schien, viel lachte und redete. Wir zogen zu Evros in die Bahnhofstraße. Evros hatte über seiner Gaststätte eine kleine Wohnung. Statt Miete zu zahlen, half Kathy Evros abends in der Gastwirtschaft. Evros war Grieche und als Gastarbeiter nach Kall gekommen, hatte im Industriegebiet gearbeitet und sich bei der Arbeit die Finger der rechten Hand in einer Stahlpresse abgetrennt. Von der Abfindung hatte er die Kneipe gekauft. Er schaffte es trotz seiner verkrüppelten Hand, ein Bierglas zwischen seine Fingerstummel zu klemmen und unter den Zapfhahn zu halten. Evros schwärmte an der Theke oft von seiner griechischen Heimat, sagte, wenn er genügend Geld gespart hätte, würde er zurückkehren, um eine schöne Griechin zu heiraten, mit der er eine kleine Pension am Ägäischen Meer eröffnen wolle.

Oben in unserer kleinen Wohnung hörte ich jedes Wort, das an der Theke gesprochen wurde. Wenn Vincentini auf seinen Verkaufsfahrten nach Kall kam, setzte er sich an die Theke und erzählte vom Perseus. Irgendwann spätabends torkelte er zu uns nach oben, paffte in der Küche seine Zigarren, klagte über schlecht gehende Geschäfte, sagte, ich müsse ihn wieder auf seinen Verkaufsfahrten begleiten.

Als ich mit Vincentini durch die Eifel fuhr, behandelte er Frauen gegen schmerzende Fingergelenke, Migräne, Angst, Depressionen, Verstopfungen. Bei Frigidität und Alterung setzte er die Elektrode mit kreisenden Bewegungen und schwacher Stromzufuhr circa fünf Zentimeter unter dem Nabel an, danach, wenn keine Wirkung eintrat, platzierte er sie jeweils dreißig Sekunden lang mit etwas stärkerem Strom unter die linke und rechte Gesäßfalte, dann klappte er den Gerätedeckel vorsichtig zu, stellte ihn zur Seite und öffnete die Schnalle seines Gürtels. Auf dem Koppelschloss war ein Adler mit einem Hakenkreuz in den Fängen, Eichenlaub und «Gott mit uns» eingeprägt. Vincentinis Behandlung war oft so wirkungsvoll, dass er mit offener Hose und verschmiertem Lippenstift auf dem Mund aus dem Haus einer Patientin floh. Mitunter fühlte Vincentini sich auf unseren Fahrten durch die Eifel von eifersüchtigen Ehemännern oder der Polizei verfolgt, raste dann unvermittelt in einen Feldweg und durch Wälder, wo wir uns versteckten, bis er meinte, wir hätten unsere Verfolger abgeschüttelt. Vincentini war gerichtlich verboten worden, Heilbehandlungen mit dem Perseus durchzuführen, was er jedoch ignorierte. Er schimpfte über die Weißkittel, die ihn angezeigt hatten. Er wollte noch seine gesamten Perseusgeräte verkaufen, er hatte Hunderte in einer geheimen Kate versteckt. Nur mit mir war er einmal in diesem kleinen Nest mitten in der Eifel gewesen, weil er dachte, ich könnte doch niemandem davon erzählen. Er sagte, der Perseus sei seine Altersversicherung, er werde ein vermögender Mann sein, wenn er alle Geräte verkauft habe. Er redete unablässig vom Perseus, seinen Verkaufsgesprächen, wie er die Leute von seinem Wundergerät überzeugte, konzentrierte sich deswegen kaum aufs Fahren, zitierte aus dem «Hyperion», erzählte, er habe als Soldat in Italien und Russland gekämpft und den «Hyperion» immer mit sich herumgetragen. Er habe das Buch auch dabeigehabt, als er von einem Kirchturm auf Menschen geschossen und einen Orden dafür bekommen habe. Er weinte, wenn er von seinen Gräueltaten berichtete, sagte, *in der Tat! es war ein außerordentlich Projekt, durch eine Räuberbande mein Elysium zu pflanzen. Nein! bei der heiligen Nemesis! mir ist recht geschehn und ich wills auch dulden, dulden will ich, bis der Schmerz mein letzt Bewußtsein mir zerreißt.* Er weinte dann, hielt am Straßenrand, legte seinen Kopf auf das Lenkrad und schluchzte. Ich war oft wochenlang mit Vincentini unterwegs und froh, wenn er mich endlich wieder zu Hause ablieferte.

. . .

Ende Juni, als die Johannisbeeren reif waren, ging Annie
nachts zu den Sträuchern am Zaun, pflückte die rot
schimmernden Früchte und hielt sie Rosarius an den
Mund. Der wachte auf, zog Beere für Beere mit seinen
Lippen ab, zerdrückte das Innere zwischen Zunge und
Gaumen und saugte genussvoll den sauren Saft heraus.
Sie bemalte die Nägel seiner dürren, zitternden Finger mit Lack, stutzte seine buschigen Augenbrauen. Er
lächelte sie an, er schien sich in wohlige Erinnerungen
eingesponnen zu haben.

m Herbst lief ich wieder mit Kathy nach Keldenich, wir schlichen zur Wiese bei der Pension, stibitzten Berlepsch-Äpfel, liefen zum Broog und setzten uns wie immer auf die Bank, von der aus man über die Baumkronen weit übers Urfttal schauen konnte. Kathy sagte, der Archäologe würde niemals wieder zu uns zurückkommen. Sie las mir Briefe vor, in denen er von Straßen des Römischen Imperiums berichtete. Straßen, Straßen, Straßen. Ich habe alle Straßennamen behalten. Sobald ich einen hörte, war es mir unmöglich, ihn jemals wieder zu vergessen. Wir waren, seit wir nicht mehr in der Pension wohnten, jeden Herbst zu der Wiese gelaufen, hatten Äpfel geklaut und waren zu unserer Bank am Fels gegangen. Kathy war in den letzten Jahren immer seltsamer geworden. Es gab Momente, da war sie so in Gedanken, dass sie mich nicht erkannte und mich ansah, als sei ich irgendein völlig fremder Mensch. Sie lachte und war in der nächsten Sekunde ganz traurig. Das letzte Mal, als wir auf unserer Bank gesessen hatten, hatte sie sich direkt an den Felsabgrund gestellt, hatte gejauchzt, die Arme ausgestreckt und damit geflattert, sich offenbar vorgestellt, ein Vogel zu sein, der seine Schwingen ausbreitet. Unter ihr befanden sich die Wipfel großer Buchen, die dicht am Fels den Hang hinaufwuchsen, ein Meer flirrender Blätter, das aussah, als würde es einen sanft auffangen, wenn man hineinspränge.

. . .

Bellarmin war bei Rosarius im Zimmer gewesen und hatte für Annie einige Bücher auf den Tisch gelegt. Es waren Bücher, die früher zum Bestand der Gemeinde- und Schulbibliothek gehört hatten und die Rosarius gelesen hatte, in manchen befanden sich Anmerkungen am Rand und Zettel mit Notizen.

Bellarmin hatte mittlerweile die ersten Regale gezimmert, in der Remise aufgebaut und an der Ziegelsteinmauer befestigt. Er hatte begonnen, Bücher aus den Kartons in die Regale einzuräumen.

In einer Ecke der Remise standen zwei Sessel, ein altes Sofa und ein Kanonenofen. Von der Remise führte eine Tür in einen Wintergarten, in dem alte Korbstühle und ein kleiner Tisch standen und dessen Scheiben zerbrochen waren, sodass Weinranken von außen durch die zersplitterten Scheiben in den Raum wuchsen. Eine weitere Tür führte zum Zimmer Bellarmins.

Kathy putzte, als sie bei Evros arbeitete, auch weiterhin in der Schule. Sie sagte, das sei leicht verdientes Geld und eine Arbeit, bei der man seine Ruhe habe. Ich saß währenddessen in der Schulbibliothek und blätterte in Büchern. Dort lernte ich auch Leo Arimond kennen, den ich zunächst nicht bemerkt hatte, so vertieft war ich in ein Buch. Er stand plötzlich hinter mir, sah mir über die Schulter, fragte, was ich mache. Aber ich konnte ihm nichts Richtiges antworten, da ich es selbst nicht wusste und immer noch nicht sprechen konnte. Leo sagte, er sei im siebten Schuljahr. Er war ein schlanker Junge mit einem schmalen Gesicht, abstehenden Ohren und Augen, die mir gefielen, weil eine spitzbübische Freude darin leuchtete. Er fragte nach meinem Namen, bis er begriff, dass ich nicht sprechen konnte. Leo nahm das Buch, in dem ich geblättert hatte. Er setzte sich damit an den gegenüberliegenden Tisch. Es war «Das Gastmahl» von Platon, in dem Aristophanes beim Abendessen den anderen Gästen erzählt, die Menschen hätten ursprünglich beide Geschlechter in sich vereinigt. So wie es damals gewesen war, hätten sie doch ganz glücklich sein können. Sie hätten aber gegen die Götter rebelliert und wären zur Strafe von Zeus in zwei Hälften geteilt worden. Ich hörte zu, wie Leo die Geschichte vorlas, die davon erzählte, wie verzweifelt die Menschen darüber gewesen waren, dass ihre ursprüngliche Gestalt nun in zwei Teile gespalten und jede Hälfte von Sehnsucht nach Vereinigung mit der anderen getrieben war. Sie schmiegten sich aneinander, voller Begierde wieder zusammenzuwachsen. Zeus erbarmte sich schließlich und schuf Abhilfe, indem er ihre Schamteile nach vorn versetzte. Es ist seither nicht ganz so gut wie früher, denn jeder von uns ist nur noch die Hälfte eines Menschen. Jeder sucht nun beständig das ihm entsprechende Gegenstück, so wie ich immer nach Peeh gesucht habe. Als Leo zu Ende gelesen hatte, stützte er sein Kinn auf seine linke Hand, überlegte und blickte mich verwundert an. Er schnitt Grimassen und wackelte so lange mit seinen großen abstehenden Ohren, bis ich lachte. Als Leo schließlich zum Fußballtraining musste, lief ich hinter ihm her. Er rannte in Schlangenlinien mit ausgestreckten Armen über den Schulhof, dann über die Straße zum Sportplatz. Weil Leo zu spät gekommen war, musste er zehn Runden um den Fußballplatz laufen. Ich sah beim Trainingsspiel zu. Immer wenn ein Ball ins Aus ging und den Hang zur Urft hinunterkullerte, rannte ich hinterher und warf ihn ins Spiel zurück, was mir großen Spaß machte.

. . .

Die Tür zum Flur war nur angelehnt. Es war dämmrig im Zimmer. Annie saß am Bett bei Rosarius. Er flüsterte, sie sei schön, wunderschön, niemals habe er jemanden gesehen, der so schön sei. Annie wusste, dass Rosarius Peeh in ihr sah, diese Peeh mochte schön gewesen sein, sie selbst war nicht schön, nie hatte ein Mann etwas Derartiges zu ihr gesagt. Rosarius begann wieder zu erzählen, doch Annie musste arbeiten. Sie kümmerte sich ohnehin zu viel um ihn.

Ich schweifte herum, wurde von allem ergriffen und konnte doch mein Ziel nicht finden, ich saß bei Karl Höger in der Fahrerkabine, fuhr mit dem Steinlaster im Kreis, vom Zementwerk zum Kalksteinbruch und wieder zurück. Höger war damals von seiner ersten Auslandstour zurückgekommen und berichtete stolz von fremden Ländern, von denen ich noch nie gehört hatte.

Im Sommer lief ich an den Bahngleisen entlang, sammelte Schnecken ein, bevor sie auf dem Schotter zwischen den Gleisen vertrocknen würden. Ich legte sie ins feuchte Gras, setzte mich neben sie und beobachtete stundenlang, wie die Schnecken sich liebten. Sie lockten mit schönen Düften, warteten geduldig, bis eine andere Schnecke sie roch und langsam angekrochen kam. Wenn sie endlich zu zweit waren, kamen sie ein Stück weit aus ihren Häusern, ihre Fühler berührten sich sanft, schließlich richteten sie sich tanzend mit aneinandergelegten Körpern auf und verschmolzen mit Lippen und Leibern zu einem einzigen Körper. Sie liebten sich so von morgens bis abends. Zwischendurch wechselten sie ihr Geschlecht, mal war die eine ein Männchen, mal die andere, vielleicht waren sie auch zwischendurch nur Männchen oder nur Weibchen. Sie ließen sich Zeit bei ihrem Liebesspiel. Vincentini hatte das mit seinen Frauen immer viel schneller gemacht, aber der war ja auch mit Hitlers Limousine durch die Gegend gefahren und hatte eigentlich nur seinen Perseus verkaufen wollen. Während die Schnecken sich liebten, stachen sie sich gegenseitig mit Liebespfeilchen aus winzigen Kalksplittern. Sie umschlangen sich, drangen ineinander ein, verharrten Stunden in dieser Stellung. Ich stellte mir vor, es so auch mit Peeh zu machen, ganz lange wollte ich mit ihr zusammen sein. Aber ich wusste natürlich, dass daraus nichts werden würde, denn ich hatte nichts, womit ich Peeh hätte anlocken können.

. . .

Teil 3

Annie schlich durch die Flure des Altenheims, an der Decke leuchteten Notlichter, sie ging auf Strümpfen von Zimmer zu Zimmer, um möglichst leise zu sein. Sie kam sich vor wie ein Geist, der durch Labyrinthe, durch die Erinnerungen der alten Leute schlich. Sie öffnete Türen, sah zu den Schlafenden hinein, kam schließlich zu Rosarius, der zu dieser Zeit noch im Haus Viktoria wohnte. Dorthin gelangte man durch einen überdachten Gang im Garten, vorbei am Gehege der Truthähne. Rosarius' Zimmertür stand einen Spalt offen, das Flurlicht brach eine Schneise ins Zimmer, sie stieg darüber hinweg wie über einen schmalen Bachlauf, der sich über eine mondbeschienene Wiese schlängelte. Schon im Flur hörte sie ihren alten Freund murmeln, er hatte sich zur Wand gedreht, seine Fingerkuppen tasteten über die Raufasertapete.

Als ich mit Vincentini eines Tages im Herbst 1960 von einer Verkaufsfahrt zurückkam, saß Kathy in der Gaststätte hinter der Theke auf einem Hocker, als sie mich sah, sprang sie herunter, umarmte und drückte mich, nahm meine Hand und zog mich hinter sich her die Treppe hinauf in unsere Wohnung. Da hockte auf dem Teppich ein junger Hund. Ich hatte immer einen Hund gewollt, dieser leckte mein Gesicht und über meine Glatze. Er sah mich an, hechelte mit heraushängender Zunge, schnupperte an mir und wusste, was ich wollte, ohne dass ich sprechen musste. Kathy nannte ihn Socke, da er braunes Fell und weiße Pfoten hatte, weiß wie frisch gewaschene Socken. Der Hind sollte eigentlich nicht größer als ein Dackel werden, aber er wuchs und wuchs, bis er riesig war wie ein Kalb. Wir konnten ihn nicht länger in der Wohnung halten, weil er Sofakissen, Teppiche, Stuhlbeine und Türrahmen zerbiss. Evros, der eigentlich sehr nachsichtig war, verlangte schließlich, dass Socke wegmüsse. Wir brachten ihn zu einem Bauern auf einen Siedlungshof, dort war er immer an seiner Hütte neben dem Kuhstall angekettet. Wenn ich ihn besuchte, fuhr ich mit einem der Steinlastwagen bis zur Kreuzung, die nach Urft führte. Dort stieg ich aus und lief an der Landstraße entlang bis zum Siedlungshof, der abseits von der Straße in den Feldern lag. Ich holte Socke, ließ ihn frei über die Felder und im Wald laufen. Er freute sich, herumtollen zu dürfen. Er spielte im Wald, stromerte schnuppernd durch das Unterholz. Alle paar Minuten kam er zu mir, um sich zu vergewissern, dass ich noch da war.

Ich saß auf einer Bank am Waldrand, sah über die hügeligen Wiesen und dachte an Peeh, stellte mir vor, wie sie in der Stadt lebte, die Universität besuchte, um Musik zu studieren, und abends in ihrer Wohnung in der Dämmerung am Klavier saß und übte. Ich schloss die Augen und hörte ihr dabei zu. Ich sah sie leibhaftig vor mir. Sie saß am Klavier im Zimmer einer Villa, von der man auf einen breiten, im Abendlicht schimmernden Fluss blickte. Schiffe zogen in der Dämmerung langsam den Fluss hoch. Lastkähne und Schiffe mit an Deck tanzenden Menschen unter bunten Lampions. Dann war es plötzlich still geworden. Peeh spielte nicht mehr. Sie war verschwunden. Ich hatte einen Schuss gehört. Niemals hätte ich geglaubt, jemand würde es fertigbringen, Socke einfach totzuschießen. Plötzlich stand ein Jäger, das Gewehr im Anschlag, vor mir, schrie, wieso ich den tollwütigen Hund frei herumlaufen lasse. Er wollte meinen Namen und meine Adresse wissen, so als wäre er die Polizei persönlich. Ich konnte ihm keine Antwort geben. Er zerrte mich hinter sich her, zeigte mir Socke, schrie, ob das mein Köter sei. Als er sah, dass Socke noch lebte, schoss er auf den Hund, bis er tot war. «Der hat doch Tollwut gehabt!», schrie der Jäger. Ich weiß nicht, was dann mit mir geschah. Ich wurde wütend, griff nach einem dicken Ast und schlug auf den Mann ein, bis er still neben Socke lag. Dann bekam ich Angst, rannte weg und irrte bis zum Abend umher. Als ich zu Kathy kam, war Sartorius, der Dorfpolizist, da. Der Jäger lag im Krankenhaus, hatte mehrere gebrochene

Rippen, blaue Flecken und eine Gehirnerschütterung. Er war ein einflussreicher Mann und wollte unbedingt, dass ich bestraft wurde. So jemand wie ich dürfe nicht frei herumlaufen, ich sei gemeingefährlich, sagte er. Eine Menge Leute waren derselben Meinung. Kathy besuchte den Jäger im Krankenhaus, bat ihn, mich nicht anzuzeigen, auch Evros versuchte, ihn zu beschwichtigen, selbst Sartorius legte ein gutes Wort für mich ein. Es half alles nichts. Ich bekam eine Jugendstrafe, weil ich nach Ansicht des Richters trotz meines Alters weder körperlich noch geistig strafmündig sei. Ich musste in ein Erziehungsheim an der Nordsee, so weit weg von Kathy, dass sie mich nicht besuchen konnte.

. . .

Annie hörte Rosarius aufmerksam zu, wie er von seinen Irrfahrten erzählte, Irrfahrten in seinem Geist und in der Wirklichkeit, hörte, wie er pausenlos Straßennamen von Dörfern, Weilern, kleinen Städtchen und Metropolen aufsagte. Es gab keine Reihenfolge, keinen nachvollziehbaren Zusammenhang. Er musste in Deutschland umhergeirrt sein, ohne zu wissen, wo er war, ohne sich verständigen zu können. Rosarius zählte jetzt einfach nur noch auf. Dann murmelte er «Wir dürfen nicht alles behalten, sonst verirren wir uns» und fuhr fort zu vergessen, indem er Orte, Straßen und Dinge aufzählte. Sie vermutete, dass er zu dieser Zeit zweiundzwanzig Jahre alt und immer noch klein und stumm gewesen war. Jetzt aber redete er umso mehr. Manchmal wurde es ihr zu viel, sie verließ sein Zimmer und fuhr mit ihrem Motorroller ziellos umher.

ch versuchte ständig, aus dem Erziehungsheim wegzulaufen. Einmal im Winter, als es schneite, rannte ich über matschige Felder bis zu einer Landstraße. Ich trug nur Hemd, Hose und Turnschuhe. Die Hose hatte ich am Stacheldraht zerrissen, als ich über die Einzäunung des Heims geklettert war. Ich rannte von der Straße in einen Wald, lief danach an einem militärischen Sperrzaun entlang, dann stundenlang über Felder und Wiesen. Es war bereits Abend, als ich eine kleine Bahnstation erreichte. Ich schlief auf einer Bank im Wartesaal. Am nächsten Morgen stand am Bahnhof ein Zug. Er fuhr an Flüssen entlang, durch Städte an Fabriken vorbei, durch Industriegebiete und Vorstädte. Der Zug hielt abends in München auf einem Abstellgleis. Ich stieg in einen anderen Zug, eine langsame Fahrt durch den Winter. Schneekristalle glitzerten auf einer weißen Ebene, der Zug schien so langsam zu fahren, dass man neben ihm hätte herlaufen können. Bald stieg ich wieder in einen anderen Zug, von dem ich annahm, er würde mich nach Hause bringen. Es war warm im Abteil, und ich schlief ein. Ein Kontrolleur weckte mich und verlangte meine Fahrkarte. Ich hatte keine Fahrkarte, keinen Personalausweis, rein gar nichts, antworten konnte ich ihm auch nicht, was den Kontrolleur sehr wütend machte. Er dachte, das sei eine Masche von mir, ich würde immer so durch die Gegend reisen, wenn man mich erwischte, würde ich mich einfach stumm stellen. Er sperrte mich in ein leeres Abteil. Der Zug rollte die ganze Nacht, ohne einmal anzuhalten. Am ersten Bahnhof kam der Kontrolleur wieder und warf mich aus dem Zug. Ich fand mich im Ameisengewimmel einer unbekannten Stadt wieder. Während dieser Irrfahrt wusste ich nie, wo ich mich befand, alle Orte und Straßen waren bedeutungslose Namen für mich. Mit einem Bus, in den ich mich durch die hintere Tür stahl, fuhr ich durch die Berge nach Tölz, mit einem anderen nach Kochel, mit dem nächsten hinüber nach Mittenwald, an Weilern und Höfen, an Campingplätzen und zugefrorenen Bergseen vorbei. Dann ließ mich ein Busfahrer nicht mehr ohne Fahrkarte einsteigen. Ich konnte niemandem sagen, wo ich hinwollte. Nachts stand ich oft allein an Haltestellen, bis frühmorgens endlich ein Schulbus kam, der mich mitnahm. Wieder stieg ich an einem Bahnhof aus, lungerte in einem kleinen Städtchen herum, bis ich mit einem Nachtzug von dort wegfuhr. Auf dem Boden des Zuges rollte eine Bierdose, auf einem Sitz hatte jemand ein Käsebrötchen liegen lassen. Ich saß im Abteil und sah nach draußen. Im Gang unterhielten sich junge Leute, die durch ganz Europa reisten. Ich stieg in einen anderen Zug um, dann wieder in einen anderen. Es war frühmorgens, die Leute fuhren zur Arbeit. Ich hatte die Augen geschlossen, hörte die Stimmen von Schülern, Büroangestellten, Kellnerinnen, die müde von der Arbeit kamen. Ich sah nach draußen. Landschaften, Gehöfte, Pappelreihen, ein Gewölk aus Bäumen und Häusern, Vogelschwärme. Eine Frau im Abteil wunderte sich über mein Aussehen und gab mir einen Apfel. Ich summte im dunklen Abteil. Städte, die

Lichter in den Häusern, es war wie in einem Film, der sich schneller und schneller dreht. Ich lag auf dem Sitz und sah durch das Fenster in die Wolken, bis mich jemand schüttelte, mir mit der flachen Hand aufs Ohr klatschte und mich anschrie, wohin ich reisen wolle, ich solle endlich etwas sagen, dann stieß er mich in den Sitz zurück und lief in ein anderes Abteil. Es dämmerte, die Landschaft flog vorbei, als wäre sie eine große Nebelkrähe, alles andere schien stillzustehen. Ich befand mich auf einem wirren Zickzackkurs, wurde immer, wenn ein Schaffner mich erwischte, aus dem Zug geworfen. Wenn ich glaubte, in der Nähe von Kall zu sein, brachte mich der nächste Zug wieder von Kall weg. Es war wie auf einem Floß, das auf einem stürmischen Meer hin und her geworfen wird. Nach und nach besiedelte sich mein Kopf mit unendlich vielen Städten, Dörfern und Straßen, die mich noch verrückter und konfuser machten. Ich rannte aus einem Bahnhofsgebäude, hatte keine Ahnung, wo ich mich befand, wusste nicht einmal, in welcher Stadt, obwohl ich Hunderte Namen im Kopf hatte. Ich irrte umher, schlief in Unterführungen, Hauseingängen, lebte mit Menschen zusammen, die Ratten und Schlangen hatten, Drogen nahmen, mit mir aber ihr Essen teilten und die wie ich durchs Leben trieben, ohne zu wissen, wo sie sich gerade befanden. Es war ihnen egal, dass ich keinen Ton sprach, sondern nur summte. Trotzdem wollte ich unbedingt zu Kathy und in die Eifel zurück.

Es war Sommer geworden. Ich stieg irgendwo aus.

Wochen und Monate wanderte ich umher, übernachtete im Wald und in Scheunen. Irgendwann schneite es wieder. Ich ging zu einem Bahnhof, wartete auf einen Zug, versteckte mich unter dem Sitz oder in der Toilette. Trotzdem wurde ich erwischt und aus dem Zug geworfen. Lange blieb ich nie in einer Stadt, setzte mich bald wieder in den nächsten Zug. Manchmal ließen die Reisenden belegte Brote liegen, oder ich fand am Bahnhof in Abfalleimern etwas Essbares. Ich ging nicht mehr vom Bahnhof weg, weil ich fürchtete, mich wieder in der Stadt zu verirren. Ich wusste nicht, was ich sonst anderes machen sollte, als immer nur mit Zügen zu fahren. Ich merkte mir alle Straßennamen und Plätze, wusste aber trotzdem nicht, wo ich gerade war oder wie ich je wieder nach Hause kommen könnte. Auf einer dieser Fahrten sah ich, als ich aus dem Zugfenster blickte, Peeh. Sie stand auf dem Bahnsteig. Ihr blondes Haar fiel auf einen blauen Rollkragenpullover. Sie lächelte, und ihr Atem blies eine dünne Haarsträhne beiseite.

. . .

Einmal nachts, als Annie bei Rosarius saß, vertraute sie dem alten Mann an, wie sehr sie Bellarmin liebte, *wie die wilden Ranken ihrer Liebe ihn umwuchsen.* Sie sprach fast schon wie Hyperion, war redselig und beschwingt, tanzte barfuß durch die weitläufigen Flure, setzte sich im Aufenthaltsraum ans Klavier. Ihr Fuß berührte das Pedal, ihre Finger schlugen einige Akkorde an, erinnerten sich an Melodien, die wie flüchtiger Duft im Raum schwebten.

rgendwann glaubte ich, Kall würde nicht existieren. Ich dachte, es gäbe den Ort nur in meiner Fantasie, ich irrte umher und suchte ein Phantom. Immer wenn ich mich in ein Abteil setzte, verließen es die Leute nach kurzer Zeit, weil ich so furchtbar stank. Der Kontrolleur warf mich am nächsten Bahnhof hinaus, gab mir einen Tritt in den Hintern. Ich lief vom Bahnhof in die Stadt. Sie kam mir bekannt vor, ich hatte hier mit Kathy Werbekarten verteilt. Es war August, überall wimmelte es von Touristen und Pilgern. Der Heilige Rock wurde im Dom in einem luftdichten Glasschrein ausgestellt. Ich war müde und blieb auf einer Kirchenbank hocken. Vor mir auf der Bank knieten Leute, die flüsternd beteten. Es kam mir vor, als würden sie ein schönes Lied singen, das mich an zu Hause erinnerte.

Als die Leute den Dom verließen, lief ich hinter ihnen her zum Bahnhof und stieg mit ihnen in einen Regionalzug. Ich blickte die ganze Zeit aus dem Fenster und lauschte. Ich hätte mich gern mit ihnen unterhalten. Das war das erste Mal überhaupt, dass ich gern mit jemand anderem als mit Peeh gesprochen hätte.

Der Zug fuhr an der Kyll und später an der Urft entlang, er ratterte durch Jünkerath, Dahlem, Blankenheim, Nettersheim, am Zementwerk bei Sötenich vorbei und erreichte dann endlich Kall.

Als ich ausstieg, schwor ich, nie mehr im Leben aus der Eifel wegzugehen. Ich überquerte den Parkplatz des Supermarktes und lief zur Gaststätte von Evros.

Als Kathy mich sah, weinte sie vor Freude, sagte, dass

ich groß geworden sei. Sie hatte schon oft behauptet, ich sei ordentlich gewachsen, aber das war immer gelogen gewesen. Dann sagte sie, sie habe noch niemanden getroffen, der so fürchterlich stinke wie ich, und steckte mich sofort in die Badewanne. Besorgt erzählte sie, jemand habe bei der Polizei angerufen. Ich lag noch in der Wanne, als die Kriminalbeamten aus der Stadt kamen. Sartorius begleitete sie. Sartorius kannte mich von klein auf, wusste, dass ich gutmütig und ungefährlich war. Aber er hatte nichts zu sagen. Sie hörten nicht auf ihn, sondern zogen mich einfach aus der Wanne. Ich durfte mich nicht einmal abtrocknen. Kathy sagte ihnen, ich sei einfach nur nach Hause zurückgekommen. Ich würde niemandem etwas tun. Aber das war den Kripobeamten egal. Diesmal steckten sie mich in ein Gefängnis, aus dem ich nicht mehr fliehen konnte.

In meiner Zelle versuchte ich mich abzulenken, summte leise und blätterte in Büchern aus der Gefängnisbibliothek, ein Blick auf die Seiten genügte, um zu wissen, was dort stand. Ich konnte mir alles einprägen und brauchte mich dabei nicht einmal anzustrengen. Ich begann auf der letzten Seite eines Buches, blätterte vor und zurück wie ein Idiot, der vor sich hin summend sinnlos in ein Buch starrt und nicht weiß, was er tut. Ich blätterte Bücher über Wüsten durch, über Mathematik, Gartenbau, Physik, Geschichte und Archäologie, lernte dabei alles, von Sergios, dem Märtyrer, der in einem römischen Kastell in der Wüste hingerichtet worden war, einem Ort, an dem auch Vater gewesen war. Ich war gerade bei Buch 941 auf Seite 39, als das Summen in meinem Kopf unerträglich wurde, als sei ein brummender Bienenstock darin eingesperrt. Ich konnte mich auf nichts mehr konzentrieren, alles wirbelte in meinem Gehirn durcheinander und veränderte sich. Drei Tage später erfuhr ich, dass Evros angerufen hatte, Kathy war spurlos verschwunden. Da stammelte ich zum ersten Mal ein paar Worte, hatte aber ständig dieses Summen im Kopf, das mal stärker, mal schwächer wurde. Nun sprach ich langsam und leise, zählte die Straßennamen jener Städte auf, in denen ich gewesen war. Ich fragte mich, wo das alles herkam, wie das zusammenhing, ob es sich vielleicht im Summen verborgen hatte. Im Winter hörte es auf zu summen, und Evros sagte am Telefon zu mir, Kathy sei immer noch nicht wieder aufgetaucht. In dieser Zeit wuchs ich plötzlich in Schüben und erreichte im Alter von dreiundzwanzig Jahren noch eine normale Größe. Ich musste alle zwei Wochen zur Kleiderkammer, weil mir die Hosen zu kurz geworden waren. Niemand konnte mein plötzliches Wachstum erklären, denn ich wuchs in einem Alter, in dem man gewöhnlich längst ausgewachsen ist. Aber vielleicht hing es damit zusammen, dass sich in meinem Kopf so vieles verändert hatte.

Im nächsten Sommer begann auch das irre Summen wieder. Als eine Biene in meine Zelle flog, drehte ich durch. Die Biene hockte mal auf der Lampe, dann an der Decke, krabbelte über die Wand und auf der Pritsche. Ich schlug nach ihr und zerlegte die ganze Zelle, bei dem Versuch, sie zu erwischen. Als ich sie hatte, krabbelte sie auf meiner Handfläche, putzte ihre Fühler, vollführte Schwänzeltänze, obwohl sie ganz allein mit mir war, weit und breit keine einzige Artgenossin. Es kam mir vor, als hätte ich einen Kompass auf meiner Handfläche.

Als die Wärter die verwüstete Zelle sahen, drohten sie, ich würde nie mehr aus der Haft entlassen, mein ganzes Leben nicht mehr, wenn so etwas nochmals passiere. Aber sie waren auch überrascht, dass ich nicht mehr nur vor mich hin summte, sondern langsam und stockend sprechen konnte.

Im November des darauffolgenden Jahres wurde ich entlassen. Da ich mich nun orientieren konnte, schaffte ich es allein bis nach Kall. In meinem Kopf herrschte nicht mehr so ein Durcheinander. Es summte nur noch leise, woran ich mich gewöhnt hatte. Ich stand hinten im letzten Waggon und sah nach draußen. Auf den Feldern lag der erste Schnee, durch den die Erde noch hindurchschimmerte. Der Zug ratterte durch Scheven und tauchte dann in den Tunnel ein. Ich fürchtete plötzlich, Kall würde es nicht mehr geben. Ich würde wie zuvor irgendwo landen, wo ich mich nicht auskannte. Dann aber erblickte ich die Weißdornhecken und das Industriegebiet. Oben vom Bahndamm aus schien es, als schwebte ich über Kall hinweg. Ich sah die Reinigung Moog, Delamots Friseurgeschäft, den Tabakladen, in dem Vincentini immer Zigarren gekauft hatte.

Evros stand hinter dem Tresen, als ich die Kneipe betrat. Zuerst erkannte er mich nicht, so sehr hatte ich mich verändert. Ich war groß geworden, ein richtiger Lulatsch. Ich hatte auch keine Glatze mehr, sondern fuchsrote Haare. Kathy war immer noch nicht zurück. Evros sagte, sie sei einige Zeit, bevor sie verschwand, sehr seltsam geworden. Sie sei planlos herumgelaufen, habe mit sich selbst und mit dem Archäologen geredet, zu dem sie reisen wollte.

. . .

Annie las in einem der Bücher von Rosarius. Bellarmin hatte es in der Remise gefunden und für sie auf den Tisch gelegt. Im Buch fand sie einen zusammengefalteten, vergilbten Zeitungsartikel aus den Zwanzigerjahren, der von einem Geldraub berichtete. Diebe hatten einen Grubenzug überfallen und den Wochenlohn von fünfhundert Arbeitern geraubt, genau an dem Tag, als der Zug wegen Gleisarbeiten nicht bis zum Verwaltungsgebäude fahren konnte. Die Diebe mussten gute Kenntnisse der Umgebung gehabt und den Überfall genau geplant haben, denn als das Wachpersonal die Geldkisten über die Sand- und Geröllhalden zu den Verwaltungsgebäuden trug, lauerten sie dort. Zwei Gendarmen wurden erschossen, der dritte Mann des Begleitpersonals floh vor den Dieben und stürzte auf seiner Flucht einen vierzig Meter steilen Abhang hinab. Die Diebe wurden niemals gefasst, ihre Beute blieb spurlos verschwunden. Strohwang vermutete, dass sie irgendwo am Broog in einem Stollen versteckt worden war.

Ich kam gut mit Evros zurecht. Ich glaube, ich war so etwas wie ein Sohn für ihn. Mein Gedächtnis war nicht mehr so gut wie früher. Vielleicht ist es besser, wenn man nicht alles im Kopf behält, irgendwann muss man ohnehin vergessen. Es ist merkwürdig, dass man sein ganzes Leben versucht, Dinge zu behalten und sich darauf auch noch etwas einbildet, wo man doch weiß, im Alter wird man alles vergessen. Ich konnte mittlerweile sprechen, wenn auch sehr langsam. Die meisten Leute warteten nicht, bis ich zu Ende gesprochen hatte. Ich wollte aber nicht, dass es wieder so wie früher war, als mich fast alle für einen Idioten gehalten hatten.

Ich kellnerte, und Evros saß hinter der Theke und knobelte mit Gästen. Er klemmte dabei den Becher zwischen seine beiden fingerlosen Handflächen, schüttelte die Würfel durcheinander und stürzte dann den Becher auf den Tisch. Evros war beim Knobeln unschlagbar, einige behaupteten, es hinge mit seiner ausgefeilten Würfeltechnik zusammen.

Strohwang saß an der Theke und erzählte vom Lohngeldraub in den Zwanzigerjahren, von der Beute, die er irgendwo unter den Ruinen und in den Stollen am Broog vermutete. Strohwang war ein kleiner drahtiger Mann mit einem Dreieckskopf und einem bartstoppeligen Gesicht. Auf einer Wange hatte er ein kleines Loch, in dem sich eine Ameise hätte verkriechen können. Niemand hörte ihm zu. Mäthes lag betrunken mit dem Kopf auf der Theke, Zehner erzählte seine wirren

Geschichten, und Delamot meinte, er müsse mir unbedingt die Haare schneiden. Er wollte mir wie früher eine Glatze rasieren, aber ich ließ das nicht mehr zu.

Delamot hatte nichts mehr dagegen, wenn ich stundenlang auf einem Stuhl im Frisiersalon saß und zuhörte, wie er sich mit seinen Kunden unterhielt, um sie herumtänzelte und seine Schere zwitschern und schnattern ließ, den Leuten mit Tricks Neuigkeiten entlockte, die sie eigentlich gar nicht preisgeben wollten.

Waren alle Kunden gegangen, schob er den Abfalleimer neben dem Schrank beiseite und kehrte die Haare in das darunter befindliche Loch, durch das sie in das Kellergewölbe rieselten. Die Haare sämtlicher Kunden lagen da unten, und kein Mensch wusste, was Delamot mit diesen vorhatte.

Bis auf das Summen in meinem Kopf ging es mir in dieser Zeit gut, nur Kathy vermisste ich sehr. Ich war enttäuscht, weil sie einfach weggegangen und mich im Stich gelassen hatte. Kathy blieb wie vom Erdboden verschluckt, alle dachten, sie hätte vielleicht endlich ihren Archäologen wiedergefunden oder wäre mit Vincentini unterwegs, von dem man gehört hatte, er würde seine Perseusgeräte jetzt im benachbarten Ausland verkaufen.

Wenn ich Evros nicht half oder nicht bei Delamot herumsaß, lief ich zum Fußballplatz. Ich hockte am Spielfeldrand, sah beim Training zu, fischte wieder den Ball aus der Urft und warf ihn auf das Spielfeld zurück. Leo war ein sehr guter Spieler geworden. Er kickte mittlerweile in der ersten Mannschaft. Nach dem Training setzte sich Leo zu mir. Wir redeten miteinander.

Irgendwas zog mich in dieser Zeit immer wieder zur Broog-Bank, wo ich oft mit Kathy gesessen hatte. Strohwang suchte ganz in der Nähe nach dem verschollenen Schatz. Er arbeitete damals noch im Zementwerk und kam nach Feierabend an meiner Bank vorbei, die nur ein paar Meter von der Stelle entfernt stand, wo er hackte und schaufelte. An der Theke hatten sie erzählt, alle, die im Krach der Zementmühlen arbeiteten, würden früher oder später einen Tick bekommen. So hatte Braden Steine und Fossilien gesammelt, Koch hatte jeden Zentimeter, den er ging, ausgemessen und dann in der Kantine behauptet, die Welt würde immer winziger, Strohwang wollte unbedingt diesen Schatz vom Lohngeldraub finden. Ich weiß nicht, was er mit dem alten, vielleicht sogar wertlosen Geld aus dem Überfall anfangen wollte.

Strohwang hatte es nicht gern, wenn ich stundenlang in seiner unmittelbaren Nähe saß. Er argwöhnte, ich würde ihn beobachten, könnte auch nach dem Schatz suchen, da er dachte, alle wären hinter seinem Schatz her.

Ich saß den Frühling und Sommer über oft auf der Bank, wenn Strohwang noch auf der Arbeit im Zementwerk war. Ich sah über das Urfttal, lauschte dem Summen in meinem Kopf, dachte an den Archäologen, an Peeh, aber besonders an Kathy. Ich hatte das Gefühl, hier ganz in ihrer Nähe zu sein.

Ende August war es nochmals sehr heiß. Die Bienen schwärmten. Ich beobachtete von meiner Bank aus, wie sie beim Ausflug ihre junge Königin begatteten, die sich danach in einem Loch verkrochen und im Frühling ein neues Volk gründen würde. Es waren Wildbienen, die wie ein Schleier aus glitzernden Pünktchen über dem Tal schwebten. Sie verschwanden unter dem Blätterdach ganz in meiner Nähe, kamen nach einiger Zeit wieder zum Vorschein. Dabei fiel mir in einer Baumkrone ein verrotteter Stofffetzen auf. Er sah aus wie ein Kleid. Ich lief nach unten, kletterte diesen Baum hoch. Das Summen wurde immer lauter. In der Baumkrone wurde es unerträglich. Ich wusste nicht mehr, ob es von außen oder aus dem Inneren meines Kopfes kam. Tausende Bienen krabbelten und wimmelten herum. Erst als sie mich angriffen, erkannte ich Kathys verweste Überreste zwischen den Ästen. Ich griff nach etwas Rundem, kletterte den Baum hinunter, rannte vor dem Schwarm weg, über die Straße zur Urft. Dort sprang ich mit Kathys Kopf in den Fluss und säuberte ihren Schädel unter Wasser. Ich tauchte mit Kathy unter, bis der Schwarm verschwunden war. Danach saß ich klatschnass am Ufer. Es war vollkommen still, so still, dass ich Angst bekam. Mein Gesicht war geschwollen von unzähligen Stichen, ich konnte die Augen kaum öffnen. Ich hatte Kathys Kopf, in dem noch ein paar Waben hingen, auf dem Schoß, eine Biene krabbelte aus einer Augenhöhle, trocknete ihre Flügel in der Sonne und schwirrte davon. Ich glaube, Kathy war vom Broogfelsen gesprungen. Sie hatte wie ein Vogel fliegen wollen, war jedoch abgestürzt und in einer Astgabel hängen geblieben. Ich sah sie vor mir, wie sie auf dem Felsen vor dem Abgrund gestanden, ihre Arme wie Schwingen ausgebreitet und mit dem Archäologen gesprochen hatte.

Als ich triefnass die Gaststätte betrat, sagte Evros, ein paar Bienenstiche mehr, und ich wäre gestorben. Eine Woche trug ich Kathy im Rucksack mit mir herum, dann beerdigte ich ihren Kopf und die Überreste, die ich noch fand, unter dem Baum am Broog. Ich besuchte sie fast jeden Tag, redete mit ihr, stellte mir vor, wie sehr sie sich darüber freuen würde, mich nun endlich sprechen zu hören und zu sehen, wie groß ich geworden war. Ich erzählte niemandem, dass ich Kathy gefunden hatte, ließ alle in dem Glauben, sie wäre bei ihrem Archäologen oder mit Vincentini unterwegs.

· · ·

Annies Wohnung bestand aus einer winzigen Küche, einem Schlafzimmer und einem kleinen Bad. Die Wohnung lag mitten in Kall, in der Nähe des Supermarktes und des Bahnhofes. Wegen der ständig streitenden Nachbarn war es fast immer laut. Annie saß oft am Küchentisch vor dem Fenster, schrieb und sah sinnend zum Bahnsteig hinüber. Morgens standen viele Leute dort, die auf den Zug warteten. Sie könnte jederzeit in einen der Regionalzüge steigen und aus Kall verschwinden. Aber sie wollte nicht mehr weg. Hinter den Gleisen führte die Straße nach Sötenich. Früher waren dort die Steinlaster gefahren, von denen Rosarius erzählte, mit denen er seine imaginären Reisen unternommen hatte. An der Straße lagen ein Eisenwarengeschäft, das Autohaus, die Baustoffhandlung und einige Reihenhäuser. Dahinter ragten die Sandsteinfelsen auf, auf denen dürre, windschiefe Kiefern wuchsen. In den rötlichen Felsen glitzerten Quarzpartikel. Annie konnte auch zur großen Eingangsdrehtür des Supermarktes hinübersehen. Rosarius hatte damals im Supermarkt gearbeitet, den Parkplatz gekehrt, Einkaufswagen zusammengeschoben und aus der Urft gezogen, wenn sie irgendwer die Böschung hinunter in den Fluss gestoßen hatte. Hatte er nichts zu tun, saß er oft stundenlang in der Cafeteria des Supermarktes an einem kleinen Tisch am Fenster.

I m Sommer 1964 tauchte Vincentini wieder bei Evros
in der Gaststätte auf. Er legte seine speckige Kappe
auf die Theke und bestellte ein Bier. Während er Zigarren paffte, prahlte er, er habe in Österreich viele
Geräte verkauft. Jetzt gebe es hier wieder Nachfragen,
und er sei nur deshalb zurückgekommen. Als er bemerkte, dass ich sprechen konnte, führte er das tatsächlich auf seine Behandlung mit dem Perseus zurück und
lobte die Langzeitwirkung des Gerätes. Er erwartete,
dass ich wieder mit ihm durch die Gegend reiste und
seine Werbekarten verteilte. Auf den Verkaufsfahrten
präsentierte Vincentini mich den Leuten als Heilerfolg,
sagte, vor der Behandlung mit dem Perseus sei ich einfältig und stumm wie ein Fisch gewesen, nun könne ich
sogar den «Hyperion» auswendig. Ich habe dann zi-
tiert: *Was ist alles künstliche Wissen in der Welt, was ist die
ganze stolze Mündigkeit der menschlichen Gedanken gegen
die ungesuchten Töne dieses Geistes, der nicht wußte, was er
wußte, was er war?* Doch Vincentini bat mich, etwas anderes aufzusagen, das würde ja doch keiner der Bauern
verstehen. Ich entgegnete, diese Stelle fände ich besonders schön und hätte sie mir deshalb gemerkt. Ich
glaube, die Bauern betrachteten mich nicht wirklich als
geheilt. Vielleicht nahmen sie sogar an, mein voriger
Zustand sei für alle, auch für mich, besser gewesen. Jedenfalls musste ich nach einiger Zeit nicht mehr zu den
Kunden ins Haus, sondern wartete, nachdem ich die
Werbekarten verteilt hatte, wieder wie früher im Auto.
Ich hörte im Radio Musik und Nachrichten über die

vielen Dinge, die in der Welt geschahen und die ich nicht verstand. Vincentini redete manchmal von Kathy und dem Archäologen, als ob er sicher wüsste, dass sie irgendwo im Orient bei ihm sei. Vielleicht war sie wirklich bei ihm, vielleicht gibt es einen Ort, an dem sich alle wiedertreffen, wo ich vielleicht auch Peeh wiedersehen werde. Meistens erzählte Vincentini jedoch vom Krieg, wie er als junger Mann eingezogen und zum Scharfschützen ausgebildet worden war, wie er mit Kameraden im Zug nach Warschau gesessen hatte, sie im Zug getrunken und fröhliche Lieder gesungen hatten. Als sie Mitte August in Warschau ankamen, war der Kampf um die Stadt entbrannt. Vincentini wurde einem SS-Verband zugeteilt. Es hatte seit Wochen nicht geregnet. Sie lagen in einem Innenhof der Altstadt, verschanzten sich hinter Sandsäcken, vegetierten ungewaschen, stinkend und schmutzig wie Tiere dahin. Überall roch es nach verwesenden Leichen, die sie bis zu den Fenstern im zweiten Stock wie Holz aufeinanderstapelten, mit Benzin übergossen, anzündeten und verbrannten. Vincentini erschoss Aufständische, auch ein kleines Mädchen, das in der Schusslinie stand; einem beinlosen Jungen auf Krücken steckte er eine gezündete Handgranate in die Jackentasche. Als die Russen kamen, floh er mit seiner Einheit nach Westen. Im Schnee folgten die Russen ihren Spuren. Mit Teilen seiner Einheit rannte er auf einen zugefrorenen See, auf den die russischen Panzer ihnen nicht folgen konnten. Vincentini klagte wie Hyperion: *wir*

haben geplündert, gemordet, ohne Unterschied, auch unsre
Brüder sind erschlagen oder irrten hülflos herum und ihre
tote Jammermiene ruft immer noch Himmel und Erde zur
Rache gegen die Barbaren. Vincentini erzählte mir das alles, weil er meinte, ich würde es nicht verstehen, dachte,
es erleichtere ihn, wenn er jemandem davon erzählte.
Ich war mir nicht sicher, ob er wirklich bedauerte, was
er getan hatte. Mir aber war es lieber, wenn er aus dem
«Hyperion» zitierte, von seinem Perseus redete oder
auf die Weißkittel schimpfte. Einmal, als wir durch die
Gegend fuhren und er einen Moment Ruhe gab, hörte
ich Peeh im Radio. Sie war inzwischen eine vielver-
sprechende junge Pianistin geworden, die mehrere
Wettbewerbe gewonnen hatte. Ich sah Peeh am Klavier sitzen und spielen, dann stand sie auf und lief über
eine Wiese. Ich wünschte mir so sehr, sie noch einmal
zu treffen.

Während unserer Fahrten verkauften wir drei oder
vier Perseusgeräte und verdienten gut. Nachts schliefen
wir in kleinen Hotels oder Pensionen, in denen wir uns
ein Zimmer teilten. Vincentini war abends meist bei
einer seiner Patientinnen. Danach saß er an der Theke
der Gaststätte und fabulierte über den Perseus. Wenn er
nach oben kam, war er betrunken und qualmte eine
Zigarre. Er zog sich polternd aus, setzte sich auf die
Bettkante und behandelte sich selbst mit dem Perseus,
indem er seine nackten Füße auf einen Plastikkasten mit
dünnen Kontaktstiften stellte, die er an den Perseus an-
geschlossen hatte. Seine Füße standen wie die eines Fa-

kirs auf einem Nagelbrett. Er regelte den Strom höher, bis es irgendwann schien, als würde sein behaarter, massiger Körper in der Dunkelheit glimmen.

. . .

Annie fuhr gerade zum Wochenenddienst, als Lambertz mit seinem klapprigen Auto von der Risahöhe kam. Er besuchte Rosarius in letzter Zeit immer morgens, wenn Annie dienstfrei hatte. Rosarius war nach seinen Besuchen aufgeregt und durcheinander, er flüsterte wirres Zeug, summte und memorierte Straßennamen, immer nur Straßennamen, wobei es schien, als würden alle seine Erinnerungen zu feinem Staub zerbröckeln. Annie setzte sich zu ihm, nahm seine zitternden Hände, versuchte ihn zu beruhigen, schob ihn im Rollstuhl in den Gemeinschaftsraum, wo er vom Fenster aus die Truthähne beobachten konnte. Er sah diesen Vögeln gerne zu, murmelte, es seien Boten aus der Unterwelt.

Annie musste ihre Arbeit erledigen, erst gegen Abend, wenn alle Bewohner in ihren Betten lagen, fand sie Zeit, Rosarius wieder zu besuchen. Er hatte sich zur Wand gedreht und schlief. Annie öffnete das Fenster, um frische Luft ins Zimmer zu lassen, und blieb eine Weile bei ihm sitzen. Es war den ganzen Tag heiß und schwül gewesen, jetzt war es völlig windstill, weit entfernt vernahm man das Grummeln eines Gewitters. Annie trug ein weißes T-Shirt und Jeans. Sie hatte in der Küche ein Glasschälchen geholt, barfuß war sie durch hohes Gras zu den Johannisbeersträuchern gelaufen, hatte die letzten Beeren gepflückt. Sie wollte Rosarius nicht wecken. Irgendwann tief in der Nacht, als er wach wurde, gab sie ihm die Beeren.

Nachmittags half ich Evros in der Gaststätte. Während wir die Tische abwischten und Gläser spülten, erzählte er von seiner Heimat und seiner Familie, die auf einer griechischen Insel lebte, auf die er eines Tages zurückkehren würde. Am Abend, gegen sieben Uhr, ging ich zum Fußballtraining auf den Sportplatz. Wir spielten quer über den Platz auf die kleinen Eisentore. Ich stand im Tor und hielt jeden Ball. Claßen, der Trainer, meinte, bei mir funktioniere das deshalb so gut, weil ich ähnlich wie ein Insekt mit Facettenaugen Bewegungen blitzschnell wahrnehmen könne. Claßen untersuchte meine Augen, konnte aber nichts Besonderes entdecken. Beim nächsten Mal stand ich im großen Tor. Claßen versuchte mir beizubringen, den Ball richtig zu fangen und ihn nicht dem gegnerischen Spieler vor die Füße zu werfen. Er schrie mich an, weil ich vieles nicht sofort begriff. Abends an der Theke sagte Claßen, ich hätte zwar schnelle Reflexe, verstünde das Spiel aber nicht. Evros war stolz, als Claßen einen Spielerpass für mich beantragte, ich ein Trikot bekam und in der ersten Mannschaft mitspielen durfte. Wenn ich mit Vincentini unterwegs war, und er seine Patientinnen besuchte, übte ich ausdauernd, den Ball zu fangen, warf ihn hoch oder prellte ihn gegen eine Wand, um ihn dann zu greifen. Manchmal hielt Vincentini auf einem Parkplatz, trainierte mich und gab damit an, welch toller Fußballer er früher gewesen sei.

Als wir wieder zu Hause waren, lief ich gleich zum Training.

So verging der Sommer. Seit ich im Tor stand, verloren wir kein Spiel. Vor Saisonende im Winter waren wir in der Tabelle punktgleich mit Jünkerath, gegen die Kall, solange man zurückdenken konnte, immer verloren hatte.

. . .

Annie machte ihren Rundgang durch das Haus, während es draußen stürmte. Sie blieb wie so oft vor den alten Fotografien im Flur stehen, betrachtete die hohen zerklüfteten Halden, das riesige Plateau auf den Bleisandbergen, das einer Geröllwüste ohne jegliche Vegetation glich, durch die eine kleine Bahnlinie führte. Arbeiter standen stolz neben den Loren oder fuhren ins Bergwerk ein.

Annie erwartete Bellarmin, er war am frühen Abend zu den Bleisandhalden aufgebrochen. Sie sah ihn im Regen zurückkommen. Doch sie konnte jetzt nicht zu ihm gehen, musste erst alle Fenster im Haus schließen, bevor das Unwetter losbrach. Schon klatschte der Regen auf staubige Parkwege. Manche der alten Leute hatten wie kleine Kinder Angst vor Gewitter, vor in der Dunkelheit zuckenden grellen Blitzen, dem Rumpeln und Krachen des Donners, der dann plötzlich eintretenden Stille, in der nur noch prasselnder Regen zu hören war. Rosarius aber liebte Gewitter, einmal hatte er mit seinem Rollstuhl während eines Gewitters draußen auf dem Hof gestanden. Sie öffnete das Fenster in seinem Zimmer weit, damit er den Regen und das Rauschen der Bäume hören konnte.

Am Ende der Saison 1966 standen wir alle vor dem Training in einer Reihe im Mittelkreis. Es schneite, und wir froren. Claßen hüpfte auf und ab, forderte, wir müssten das alles entscheidende Spiel gegen die Jünkerather gewinnen, koste es, was es wolle. Es sei das Wichtigste überhaupt in unserem Leben, dieses Spiel zu gewinnen. An seinem Schnauzbart hingen gefrorene Tröpfchen, die er manchmal mit der Zungenspitze ableckte. Er stand direkt vor uns, schrie, als wären wir schwerhörig, fragte, ob wir alles kapiert hätten. Ich nickte, verstand aber nicht viel von dem, was Claßen brüllte. Er schritt die Mannschaft ab, zog mich von Leo weg, schrie den anderen zu, dass sie sich warm laufen sollten. Man hörte bei den Sandsteinfelsen im Wald Gewehrschüsse von einer Treibjagd. Das krachende Geräusch war besonders laut und deutlich zu hören, weil Claßen ausnahmsweise nicht brüllte. Als wir über den Platz zum Tor gingen, legte Claßen seinen Arm um meine Schulter und kickte den Ball vor sich her. Ich stellte mich ins Tor, und Claßen schoss Bälle in meine Richtung. Wenn ich nach dem Ball hechtete und auf dem Boden landete, kam mir der Schnee weich wie ein Daunenkissen vor. Das Rufen der anderen drang kaum bis zu mir herüber. Ich hielt jeden Schuss. Claßen meinte, ich würde wahrscheinlich auch alleine gegen Jünkerath gewinnen. Er sagte, er würde dann dafür sorgen, dass ich bei einer richtig guten Mannschaft spielen könne. Während Claßen mich trainierte, kickten die anderen auf die kleinen Tore. Sie mussten nun jeden verschossenen Ball selbst aus der Urft fischen. Claßen hatte ihnen gesagt, ich sei der Tormann der Mannschaft und kein Balljunge mehr.

Nach dem Training ging ich mit Leo nach Hause. Er wohnte damals mit seinen Eltern in einer Mietwohnung am Ortsrand auf einer Anhöhe, in einer Bruchbude über einem Lager, in dem verrostetes Gerümpel von einem Bauunternehmer stand. Wir lagen in Decken gehüllt, mit Wollmützen über den Ohren in Liegestühlen auf der überdachten Terrasse, sahen durch den rieselnden Schnee nach Kall hinunter und tranken Glühwein. Leos Eltern hatten früher die Gaststätte gepachtet, die nun Evros gehörte. Aus dieser Zeit hatten sie noch Schulden. Leos Vater war meist auf Montage, weil er dort mehr verdiente. Leo arbeitete im Zementwerk und besuchte nebenher das Abendgymnasium in Euskirchen. Er redete oft davon, dass er aus unserer Gegend wegwollte, um zu studieren. Sanny, Leos Mutter, arbeitete in einer Werkskantine. Nach Feierabend kam sie für ein paar Stunden zu Evros, um in der Küche zu helfen. Sie putzte auch und machte die Betten in den Fremdenzimmern. Sie erledigte das, was Kathy früher getan hatte. Während wir auf der Terrasse saßen, krochen Autos durch den Schnee die Straße nach Schleiden hinauf. Leo erwähnte einen Hut, den er im Fluss gesehen hatte, als sie wieder einmal den Ball aus dem Wasser fischen mussten. Er meinte, es könnte der Hut von Lia gewesen sein. Lia war Leos Freundin gewesen, sie hatte immer so einen Hut getragen. Aber Leo hatte sie seit einigen Wochen nicht mehr gesehen.

Es war ein schöner Abend. Wir saßen vom Glühwein

besäuselt in den Liegestühlen, knabberten trockene Weihnachtsplätzchen, kühlten zwischendurch unsere Stirn mit Schnee und erzählten uns Geschichten. Leo hatte selten Zeit, meistens paukte er nach der Arbeit für das Abendgymnasium.

Ich sprach von Peeh, wie ich ihr Klavierspiel im Radio gehört hatte, wie schön sie war, dass ich als kleiner Junge mit ihr gespielt hatte, von ihren Sommersprossen und ihren blonden Haaren. Ich erzählte immer weiter und bemerkte nicht, dass Leo eingeschlafen war. Am nächsten Morgen musste er früh aufstehen, um pünktlich bei der Arbeit zu sein. Nach der Arbeit fuhr er wie immer zur Abendschule nach Euskirchen.

Ich lief nach Hause, stapfte durch den hohen Schnee und dachte, ich könnte nicht glücklicher sein, es sei denn, Peeh wäre bei mir. Aber man soll nicht Dinge wollen, die unmöglich sind. Die Gaststätte hatte schon geschlossen. Evros brachte gerade Sanny nach Hause. Im Schankraum roch ich Vincentinis Zigarren. Ich öffnete die Fenster sperrangelweit und räumte die Tische ab, leerte Aschenbecher, spülte Gläser und stellte sie in die Vitrine hinter der Theke. In der Küche musste ich nichts machen, die räumte Leos Mutter auf. Ich trug leere Bierflaschen in den Keller, wo es wegen der Urft, die am Haus vorbeifloss, ständig feucht war. Ich hielt mich gern im Kellergewölbe auf, überlegte, welche Flasche in welche Kiste gehört, stellte sie hinein, nahm sie wieder heraus, brachte sie in einer anderen Kiste unter, bis schließlich alles ordentlich war.

Als ich aus dem Keller kam, stand Evros an der Theke, trank Ouzo, hörte griechische Musik. Er war betrunken und sagte, er werde bald nach Griechenland zurückgehen. Er schwärmte von seinem kleinen Dorf am Meer, sagte, Sanny werde mit ihm kommen, jemanden wie mich, der ihm im Hotel helfe, könne er auch gebrauchen. Ich wunderte mich, da Leos Mutter ja verheiratet war.

Am nächsten Morgen stand ich früh auf. Im Lokalteil der Zeitung berichteten sie von unserem bevorstehenden Spiel gegen Jünkerath. Ich trank mit Evros Kaffee und schippte dann Schnee von der Treppe und vom Bürgersteig. Den Rest des Tages fuhr ich mit Karl Höger im Steinlaster durch die verschneiten Landschaften Kanadas, der Boden dort war vom Dauerfrost hart wie Beton, die Sonne tauchte die unendlichen Weiten der Schneeprärie in elegantes kühles Licht. Höger erzählte, dass wir nun von Québec über Winnipeg an der Hudson Bucht vorbei, Material für die Bohrtürme nach Inuvik, oben am Nordpolarmeer, transportierten. Irgendwann stieg ich bei Kathy aus und erzählte ihr, dass unsere Mannschaft am nächsten Sonntag unbedingt gegen Jünkerath gewinnen müsse.

Am Nachmittag traf ich Leo in der Cafeteria des Supermarkts, bevor er mit dem Zug zur Abendschule fuhr. Er hatte sich an der Theke Kaffee geholt. Als er am Tisch saß, schüttete er den übergeschwappten Kaffee von der Untertasse in den Becher zurück, legte eine Papierserviette unter, lächelte, nippte am heißen Kaffee und fragte, wo ich denn wieder überall in der Welt unterwegs gewesen sei. Den Rest des Tages und die darauffolgende Nacht fuhr ich wieder mit den Steinlastern. Auf diese Weise bin ich überall hingekommen. Höger gab den Gegenden, durch die wir fuhren, Namen aus der Fremde, in denen er gewesen war oder in die er selbst gern reisen würde. So habe ich als Beifahrer von Höger alles gesehen, die Wüste Gobi, Bejschan, mongolische Steppen und riesige Grasländer. Wir fuhren an Salzseen vorbei, die einmal das Bett eines Meeres gebildet hatten, durch Geröllwüsten, Sandwüsten mit Dünen so hoch wie Eifelberge, wir sahen heilige Seen und lamaistische Klöster, rauschten über eine Schnellstraße, die von Xinjiang bis ins östliche China führte. Ich saß neben Höger, hörte ihm zu und glaubte, das alles wirklich zu sehen.

. . .

Annie saß im Stationszimmer. Niemand von den alten Leuten klingelte oder rief in dieser Nacht nach Hilfe. Heute schien jeder in der Stille seine geheimen Gedanken zu haben. Annie glaubte nun zu wissen, dass es nirgendwo auf der Welt etwas Besonderes gab und man nur glücklich sein konnte, wenn man das verstanden hatte.

Bei manchem, was Rosarius ihr erzählte, wusste Annie nicht, ob es tatsächlich stimmte. Vielleicht erträumte er sich auch nur eine Geschichte, so wie wir alle mehr oder weniger unser Leben im Träumen erschaffen.

Als wir gegen Jünkerath spielten, war es neblig und dampfig wie in einer Waschküche, der Schnee war über Nacht getaut und der Fußballplatz glich einer riesigen Schneematschpfütze. Vor meinem Tor bewegten sich konturlose Schemen, wie in einem schlechten Geisterfilm. Trotz des schlechten Wetters waren viele Zuschauer da, so viele wie noch nie bei einem Spiel unserer Mannschaft. Claßen lief an der Seitenlinie entlang und brüllte Anweisungen, die aber niemand von uns verstand. Er hatte vor dem Spiel überall damit geprahlt, dass wir gewinnen würden. Kall würde durch seine Spieler wieder ein bedeutendes Städtchen werden wie in der Zeit, als es dort noch Bergwerke und Verhüttungsanlagen gab. Dann könne man endlich wieder stolz sein, ein Kaller zu sein. Wir bemühten uns, aber die Jünkerather waren um Klassen besser. Wir kamen einfach nicht an den Ball. Wir rutschten aus, lagen mehr auf dem Boden, als dass wir liefen. Sie schossen ständig auf mein Tor. Ich hielt alles, und das Publikum klatschte und grölte: «Rosarius, Rosarius». In der Halbzeitpause verlangte der Jünkerather Trainer meine Auswechslung. Er behauptete, mit mir stimme etwas nicht. Wir saßen vor Kälte zitternd mit klatschnassen Trikots in der Umkleide. Claßen schrie, wir müssten mit Mann und Maus verteidigen, nur Leo, der gut dribbeln konnte, solle an der Mittellinie auf einen Abstauber lauern, seine Chance nutzen und den Ball allein reinmachen. Genauso spielten wir nach der Halbzeit. Es blieb uns auch gar nichts anderes übrig, als mit allen zur Verfügung stehenden Spielern zu verteidigen. Kurz vor Spielende wehrte ich einen Schuss gerade eben mit den Fingerspitzen ab, der Ball bekam Spin, so dass er sich langsam hinter mir in Richtung Torlinie drehte. Ich fischte ihn raus, bevor ein Jünkerather ihn endgültig über die Linie spitzelte, dann lief ich mit dem Ball bis zum Sechzehner und schlug ihn so weit es ging nach vorne. Zufällig landete er genau bei Leo, der ihn mit der Brust stoppte, den rechten Verteidiger und den Libero austrickste. Für eine Sekunde stand er mit dem Ball vor dem Torwart, es sah aus, als würde er überlegen, was er jetzt machen sollte. Der Torwart rannte auf Leo zu. Als er sich vor ihn auf den Rasen warf, lupfte Leo den Ball über ihn hinweg, und er kullerte über die Torlinie. Es waren noch ein paar Minuten zu spielen. Die Jünkerather versuchten alles, aber ich parierte jeden Schuss.

Danach war ich in Kall so etwas wie ein Held, alle Leute grüßten mich. Sogar die Mutter von Peeh lächelte mir zu, als wir uns auf der Straße begegneten. Beinahe hätte ich sie gefragt, wie es Peeh geht und was sie macht. Ich traute mich aber nicht, so arrogant wie sie war. Vincentini behauptete, ich hätte das Talent von ihm, denn er hatte in seiner Jugend in Jünkerath und Kyllburg Fußball gespielt. Er gab mit mir an, wenn er seinen Perseus vorführte, erzählte, als Junge habe ich kein Wort gesprochen, sei völlig einfältig gewesen, aber nachdem er mich mit dem Perseus behandelt habe, hätte ich sprechen gelernt und sei noch dazu ein guter Fußballspieler geworden.

. . .

Annie war nackt, trug nur ein Kettchen um den Hals, das sie als Mädchen von ihrem Vater geschenkt bekommen hatte. Auf ihrem Oberarm hatte sie eine kleine Tätowierung, ihre Haare waren hochgesteckt. Es war das erste Mal nach langer Zeit, dass sie sich so betrachtete. Sie hatte wie ihre Mutter viele große und kleine Sommersprossen im Gesicht. Lange hatte sie nicht mehr mit ihrer Mutter gesprochen, es war, als lebte sie auf einem weit entfernten Kontinent. Sie begann, ihre Sommersprossen zu zählen, vielleicht hatte sie ja genauso viele wie Peeh. Sie öffnete ihr Haar, schüttelte den Kopf, ihr Haar fiel ihr auf die Schultern und den Rücken. Die Haarspitzen kitzelten, sie sagte leise «Peeh» und tänzelte in ihrer kleinen Diele herum.

ch wurde damals tatsächlich zum Probetraining nach Köln eingeladen. Leo begleitete mich, denn ich bildete mir immer noch ein, wenn ich Kall verließe, wäre die Eifel für immer vom Erdboden verschwunden. Ich würde dann wieder umherirren und nicht mehr zurückfinden. Als der Zug durch den Tunnel fuhr und schließlich wieder auftauchte, kam es mir vor, als wäre ich in einer anderen Welt, unbekannter und befremdender als das, wovon Höger mir auf den Fahrten im Steinlaster erzählt hatte. In Köln fuhren wir mit der Straßenbahn zum Training. Man stellte mich ins Tor und brachte mich danach zur Sporthochschule, wo meine Reaktionen getestet wurden. Nach dem Probetraining wurde ich in den Mannschaftskader aufgenommen, obwohl ich mit achtundzwanzig Jahren schon ziemlich alt für einen Fußballspieler war. Man tat alles, damit ich mich in Köln wohlfühlte. Ich wohnte in der Nähe des Stadions und telefonierte jeden Abend nach dem Training mit Evros. Wenn ich seine Stimme hörte und das Brabbeln von Strohwang, Delamot oder Zehner im Hintergrund, wusste ich, dass es Kall noch gab, und war beruhigt. Ich tat in der Zeit nichts anderes, als trainieren, fernsehen und lesen, und war sehr allein. In der Stadtbibliothek las ich Bücher über römische Archäologie, über Orientreisen und Wüsten. Ich hoffte, etwas über meinen Vater zu erfahren. Ich las alle Bücher zum Thema Archäologie, die es damals in der Bibliothek gab. Eines Abends spazierte ich zur Bibliothek und entdeckte an einer Bushaltestelle ein Plakat einer unbekannten Band, auf dem Peeh abgebildet war.

Die Band trat in einem kleinem Club auf. Peeh spielte Klavier und sang. Die Band bestand aus einem Schlagzeuger, einem Saxophonisten, einem Bassgitarristen und einem Jungen, der hinter Lautsprecherboxen versteckt Mundharmonika spielte. Die Musik war anders als die, die ich von ihr im Radio gehört hatte. Die Leute scherten sich einen Teufel um die Livemusik, sie standen an der Theke, quatschten und lachten. Peeh schien es egal zu sein, dass niemand zuhörte. Es war, als würde sie nur für sich selbst spielen und singen. Als sie in der Pause mit dem Rest der Band an die Theke kam, redeten sie von einer bevorstehenden Australientournee. Sie blickte mir in die Augen, kam dann zu mir und fragte, ob ich Rosarius sei. Sie sagte, sie könne nicht glauben, wie sehr ich mich verändert hätte. Früher sei ich klein und schmächtig gewesen, hätte eine Glatze gehabt, kein Wort gesprochen, nur gesummt, nun aber hätte ich schöne lockige rote Haare und sähe stattlich aus. Sie ahmte mein Summen nach und sah mich dabei an. Dann stellte sie mich den anderen Musikern vor. Aber für die war einer, der sprechen konnte, Haare hatte und ein bisschen größer war als sie selbst, nichts Besonderes. Dann mussten sie wieder auf die Bühne. Dort kündigte Peeh ein Lied an, das sie für einen guten Freund singen wolle, den sie gerade nach langer Zeit wieder getroffen habe. Sie sah mich dabei an, winkte mir zu, und alle im Publikum drehten sich zu mir um. Nach dem Konzert gingen die anderen Bandmitglieder ins Hotel. Sie ermahnten Peeh, am nächsten Morgen pünktlich am Flughafenterminal zu sein, sonst würden sie ohne sie nach Australien fliegen. Lange saß ich mit Peeh zusammen, erzählte ihr, dass ich in Köln Fußball spielte, berichtete davon, was alles in Kall geschehen war und wie ich sie im Radio gehört hatte, von ihrer Mutter sprach ich auch, aber von der wollte sie nichts wissen. Sie lieh sich Geld von mir. Ich gab ihr alles, was ich bei mir hatte.

Einige Tage später, ich dachte, Peeh sei längst in Australien, stand sie abends vor meiner Tür. Während sie duschte, holte ich beim Chinesen etwas zu essen. Als wir zusammen auf dem Sofa saßen, nahm sie meine Hand und lehnte den Kopf an meine Schulter. Ihr Haar war noch feucht und kräuselte sich. Es war, als würden wir wieder oben auf unserem Berlepsch-Baum sitzen. Wir küssten uns. So etwas hatte ich noch nie gespürt, es war genauso, wie Kathy es von den Zärtlichkeiten mit ihrem Archäologen erzählt hatte. Man glaubt, alles zu sein, was es gibt, alles in einem, eine schöne weiche, schwebende Kugel. Peeh zog ihre Bluse aus, legte sie sorgfältig auf die Sofalehne, griff hinter ihren Rücken, um den Haken ihres Büstenhalters zu lösen. Sie streichelte mein Gesicht, sah mir in die Augen und küsste mich. Dann knöpfte sie mein Hemd auf, öffnete meinen Hosenbund, umfuhr meine Erektion behutsam mit ihrer Zunge und ihren Lippen. Wir krochen unter die Decke, draußen blitzten Kontakte einer vorbeifahrenden Straßenbahn auf. Ich hörte leises Glockenspiel von einem Kirchturm. Peehs Schamhaar streifte mein Gesicht. Ich hob kurz den Kopf, um wieder atmen zu können. Peehs Beine spreizten sich, ihre Fersen lagen auf meinen Schultern. Ich rutschte auf Knien näher zu ihr. Sie ließ mich hineingleiten. Ich war ein Teil von ihr geworden, etwas, das zufällig in einem anderen Körper gelebt, das sich jetzt endlich wiedergefunden hatte. Peeh hatte die Augen geschlossen, biss sich auf die Lippen. Dann sah sie mich wieder an, schüttelte ungläubig den Kopf, küsste mich wieder. Ich machte es ganz langsam wie die Schnecken, denen ich oft zugesehen hatte, so lange, bis ich tief in ihrem Inneren ein Zucken spürte. Sie umarmte mich, als wolle sie mich nie wieder loslassen, etwas Trauriges lag in ihrem Blick.

Als ich am Morgen aufwachte, fürchtete ich, alles nur geträumt zu haben. Aber dann erblickte ich Peeh schlafend neben mir. Ich sah sie lange an, bis sie aufwachte und mich küsste. Wir schliefen dann wieder miteinander, immer wieder. Peeh konnte nicht genug davon bekommen, und ich auch nicht. Sie fragte, wo ich das nur gelernt hätte. Ich sagte, ich hätte ein bisschen von Vincentini, aber das meiste von den Schnecken. Als das Telefon klingelte, hob ich nicht ab. Wir machten auch die Tür nicht auf, als jemand vom Verein vorbeikam, um mich zum Training abzuholen. Wir saßen zusammen im Bett. Ich aß aus ihrem Mund, sie aus meinem, wie Vögel, die sich gegenseitig füttern. Peeh wollte, dass ich mit nach Australien flog. Sie musste unbedingt zu ihrer Band. Aber ich konnte nicht weggehen. Noch weiter von der Eifel weg zu sein, war mir unmöglich. Ich gab ihr mein gesamtes Geld und brachte sie am nächsten

Tag zum Flughafen. Dort saß ich allein auf einer harten Bank. Ich sah durch die Glasfront, wie ihr Flugzeug die Startbahn hinunterrollte, abhob und am Himmel verschwand.

Ich saß noch immer dort, als Peeh schon längst weg war und wusste nicht, was ich machen sollte. Ich sah startende und landende Flugzeuge und fragte mich, wohin diese Menschen wollten und warum es nicht möglich war, an einem Ort glücklich zu sein. Ich weinte, weil ich wieder allein war. Eine alte Dame, die mit ihrem Reisegepäck neben mir saß, fragte, warum ich so traurig sei. Die alte Dame hieß Luise. Ich erzählte ihr von Peeh. Luise versuchte, mich zu trösten. Sie sagte, Peeh würde bestimmt zu mir zurückkommen. Peeh kam aber nicht. Ich hörte Jahre nichts von ihr, auch keine Musik im Radio. Ein Glück, dass ich Luise am Flughafen getroffen hatte, denn mit ihrer Hilfe fand ich zu meiner Wohnung zurück. Luise erzählte, sie lebe in den Wintermonaten in Spanien, komme erst im Frühjahr, nach den Eisheiligen, wieder nach Köln. Ich trug ihr die Koffer bis zu ihrer Wohnung, die nur ein paar Meter von meiner entfernt lag.

Ein paar Wochen später, ich kam gerade vom Training und stand an der Haltestelle, glaubte ich, Peeh auf der anderen Straßenseite im Feierabendgewimmel zu erkennen. Ich weiß nicht, was mit mir los war, ich achtete auf nichts und rannte über die Straßenbahngleise und die Straße.

Ich lag drei Wochen im Koma. Als ich in der Klinik

die Augen öffnete, saß Luise an meinem Bett. Sie schob mich, als es mir besser ging, mit dem Rollstuhl über den Krankenhausflur und fuhr mit mir zur Cafeteria im Erdgeschoss. Evros besuchte mich und auch der Mann, der mich überfahren hatte. Selbst Claßen kam vorbei. Leo erzählte, er habe die Abendschule abgeschlossen und werde in diesem Herbst Kall verlassen und mit seinem Studium beginnen. Fußballspielen konnte ich nicht mehr. Ich verbrachte fast vier Monate im Krankenhaus. Luise besuchte mich täglich. Als ich aus dem Krankenhaus entlassen wurde, brachte sie mich zum Bahnhof. Im Zug streifte ich meine Schuhe ab, legte die Füße auf den Sitz und blickte nach draußen. Jemand hatte das Fenster geöffnet, die Vorhänge flatterten ins Abteil. Je näher ich Kall kam, desto besser ging es mir. Als der Zug durch den Tunnel fuhr, es dunkel im Abteil wurde, jauchzte ich vor Freude und konnte es nicht erwarten, Kall endlich wiederzusehen.

Hinter dem Tunnel tauchte das Industriegebiet auf, ein paar kleine Firmen, ein Möbelgroßmarkt, der amerikanische Militärhubschrauber, den Monix vor seiner Firma aufgestellt hatte, die schäbigen Hinterhöfe am Bahndamm mit bunten Graffiti, der Kreisverkehr mit dem Kaiserbrunnen in der Mitte, der gar keinen Kaiser darstellte, sondern einen gewitzten Bürgermeister, der sich mit einem Kalksteinfelsen ein Denkmal gesetzt hatte. In Kall wurden die zwei letzten Waggons abgekoppelt. Danach fuhr der kleinere Zug weiter in die Eifel hinein.

Ich war ausgestiegen und stand nun vor der Gaststätte. Ich öffnete die Tür und schlüpfte durch den dahinterhängenden Filzvorhang. Da schimmerte Evros' runder Kopf im Halbdunkel hinter der Theke, auf seiner schuppigen Glatze hatte er in der Mitte noch ein paar graue Haare. Delamot, Strohwang und einige Zementwerker hockten am Tresen. Evros umarmte mich vor Freude und fragte, ob ich Hunger habe. Ich ging mit meinem Koffer durch die Schiebetür in die Küche, wo Leos Mutter Essen für die Gäste am Abend vorbereitet hatte. Sanny erzählte stolz, Leo studiere jetzt in Hamburg.

Ich arbeitete wieder für Evros, leerte Papier- und Mülleimer, fegte die Straße, räumte den Flaschenkeller auf, der verheerend unordentlich aussah, brachte Getränke nach oben und füllte die Kühlfächer auf.

Teil 4

. . .

Rosarius lag hilflos neben dem Bett, seine verkrampften Finger hielten zitternd den Füller, mit dem er zuvor auf Blätter gekrakelt hatte. Er stammelte Straßennamen, immerzu Straßennamen, Kastelle und Kastelvici in der Wüste, Resafa, Sergiopolis, das Ziel des Archäologen, der spätrömische Limes, der zwischen Euphrat und Rotem Meer durch Wüsten und Steppen führte, eine in weiten Teilen künstlich festgelegte Grenzzone aus einer Straße, Via Militaris, mit Befestigungstürmen bis zum Schwarzen Meer.

Annie kam ins Zimmer und sah Rosarius vor dem Bett liegen. Sie schaffte es nicht, den alten Mann aufzurichten. Um ihn verstreut lagen bekritzelte Papiere. Es gelang ihr nicht einmal, Rosarius den Füller aus der Hand zu nehmen. Vielleicht lag er schon seit Stunden auf dem Boden, bestimmt war Lambertz wieder bei ihm gewesen. Sie hatte vorher keine Zeit gehabt, nach Rosarius zu schauen, machte sich jetzt Vorwürfe, in ihrem Kopf schwirrte alles durcheinander. Was hatte Lambertz mit Rosarius angestellt? Sie eilte zum Schwesternzimmer, wo niemand war. Annie suchte nach Bellarmin. Er war am Abend weggegangen. Sie rief den Notarzt, lief zurück zu Rosarius, schob ihm ein Kissen unter den Kopf, versuchte, ihn zu beruhigen, konnte ihm jetzt den Füller aus der Hand nehmen, legte ihn weg, raffte die Blätter zusammen und versteckte sie. Dann lief Annie zum Haupteingang, wartete dort auf den Rettungswagen. Die Nachtschwester kam, sie war wie aus dem Nichts aufgetaucht, als hätte sie sich vorher irgendwo verkrochen. Annie berichtete, was geschehen war. Die Schwester antwortete nicht, sondern lief verstört an ihr vorbei. Der Rettungswagen fuhr durch die Einfahrt. Es regnete heftig. Auf dem Kiesweg hatten sich große Pfützen gebildet. Sanitäter sprangen aus dem Auto. Annie führte die Helfer zu Rosarius. Der Arzt beugte sich über den alten Mann, tastete ihn ab, leuchtete ihm in die Augen, legte eine Infusionsnadel, hängte eine Kochsalzlösung an. Er wunderte sich über Rosarius' blaue Lippen und die blau gesprenkelte Zunge. Annie zeigte ihm den Füller, woraufhin der Arzt lächelte. Die Sanitäter hoben Rosarius vorsichtig auf die Trage. «Vermutlich wieder ein Schlaganfall», sagte der Arzt. Annie packte schnell eine Tasche mit Waschzeug und Kleidung für das Krankenhaus.

Der Archäologe fährt tagelang durch zerklüftetes Wüstengebiet, über Pisten, die an den Rändern mit großen Steinen markiert sind, festgetreten von seit tausend Jahren dahinziehenden Karawanen, die Elfenbein, Salz, Straußenfedern und andere Kostbarkeiten zum Euphrat bringen. Er zählt die einzelnen Stationen der Route auf. Von Bosra im allmählich ansteigenden Gelände in südwestlicher Richtung über Thania nach Jericho, von dort ins Jordantal. Auf der Trasse des alttestamentarischen Königsweges durch das Wadi Mujib bis Charakmoba, wo sich der Weg bis Chirb-el-Dem in zwei Parallelrouten teilt. In einem ausgetrockneten Flusslauf erkennt er die Reste einer römischen Brücke. Südlich von Petra zwei mit Meilensteinen versehene Hauptrouten, die oberhalb des Wadi Musa über Qana, Humayma, Kihara nach Alia zum Nordende des Roten Meers führten. Eine dritte inoffizielle Route Darb ar-Rasif verläuft auf der Westseite oberhalb des Wadi Musa. Die Straße wurde seit dem 2. Jh. von Militärposten überwacht, deren Wachtürme sich meist neben den Meilensteinen befanden. Nachts sieht er brennende Städte am Horizont, Lichtstreifen sich kreuzender Scheinwerfer am Himmel. Er hat kaum noch Treibstoff und Wasservorräte. In der Ferne zieht eine Karawane vorüber. Der Krieg, vor dem er geflohen war, ist lange vorbei. Wenn er sich in einem Dorf oder einer Siedlung aufhält, hört er von politischen Ereignissen, von Kriegen und Revolutionen. Aber das hat alles keine Bedeutung für ihn. Er stellt seinen Wagen am Rand der Piste ab, studiert eine Karte und geht mit einem Klappspaten über der Schulter querfeldein über Gräben und Dünen. Er glaubt, die Ruinen einer vom Sandsturm freigelegten römischen Siedlung auszumachen. Als er sich nähert, findet er

Scherben eines von Hand gefertigten Tongefäßes mit einem Muster aus Punkten und schwarzer Kreuzschraffur, Stücke eines Gefäßrandes, zerbrochene Böden, bemalte Tonscherben, ein Stückchen Obsidian, eine fingergroße Bronzefigur des Gottes Merkur, eine kupferne Fibel, Münzen mit der Abbildung eines ihm unbekannten römischen Kaisers.

Manchmal ließ sich Vincentini monatelang nicht blicken. Ich vermute, er war in dieser Zeit irgendwo außerhalb der Eifel, in Belgien oder Luxemburg, mit seinem Perseus unterwegs. Er wusste, ich würde nicht mit ihm dorthin fahren. Von mir aus hätte er für immer wegbleiben können, dann hätte ich meine Ruhe gehabt. Vormittags half ich Evros in der Gaststätte, nachmittags, wenn nichts zu tun war, fuhr ich mit den Steinlastern herum. Ich stieg meist beim Stellwerk am Bahnübergang ein, weil sie dort anhalten mussten, wenn die Schranken unten waren. Wir fuhren aus Kall hinaus, am Sägewerk vorbei, durch Sötenich und dann zum Zementwerk, wo das Kalkgestein im Brecher abgekippt wurde. Zurück ging es durch das Dahlbendener Tal, bis nach Keldenich, wo wir in den Steinbruch hinunterfuhren und warteten, bis der Lastwagen vom Bagger beladen wurde. Ich hörte Höger zu, wie er von seinen Fernreisen erzählte, und glaubte ihm alles, ganz gleich, ob es wahr oder gelogen war. Ich fuhr mit Höger die California State Route hinunter, über die Golden Gate Bridge, von der Nord- bis zur Westküste, später an der mexikanischen Küste entlang, und die ganze Zeit sah ich von der Straße aufs Meer hinaus, auf ein glitzerndes blaues Meer. Im Radio lief Musik *All you need is love*, *Catch the wind* und *Colors* von Donovan. Während die Musik spielte und er mitträllerte, klopfte Höger mit der flachen Hand auf dem Lenkrad den Rhythmus. Am Ende unserer Fahrt stieg ich wieder in Kall am Bahnübergang oder bei der Wäscherei Moog aus, lief an

Delamots Friseurladen, der Metzgerei, der Eisdiele vorbei und die Bahnhofstraße hinunter.

Wenn ich abends zu Evros kam, saß er mit Sanny in der Küche und erzählte begeistert von seiner Heimat. Ich glaube, Evros wollte, dass Sanny ihren Mann, der immer auf Montage war, endlich verließ und mit ihm nach Griechenland ging. Sanny berichtete stolz, Leo habe sein Studium abgeschlossen und arbeite nun als Ingenieur bei einem großen Konzern. Einmal zeigte Sanny mir eine Ansichtskarte, die Leo von einer Dienstreise geschickt hatte und auf der stand, dass sie mich grüßen sollte.

Im März 1972, kurz nach meinem vierunddreißigsten Geburtstag, zog Sanny mit ihrem Mann aus Kall weg. Danach sprach Evros immer häufiger davon, die Gaststätte zu verpachten. Das Wetter hier mache ihn melancholisch, sagte er, aber in Wirklichkeit war er von Sanny enttäuscht. Er wollte nun allein in seine Heimat zurück, schwärmte von der Insel, auf der er aufgewachsen war. Er hatte vor, am Meer ein kleines Hotel zu eröffnen, fragte, ob ich mitkommen wolle. Es dauerte fast ein Jahr, bis Evros einen Pächter fand und nach Griechenland zurückgehen konnte. Ich ging nicht mit ihm.

Als der neue Pächter renovierte, musste ich ausziehen und mir eine andere Wohnung suchen. Ich wohnte einige Jahre über dem Reisebüro in einer Wohnung mit einem kleinen Balkon, von dem aus ich den Bahnhof und die Bushaltestelle sehen konnte, wo die Schüler auf ihre Busse warteten, die sie zu den umliegenden Dörfern brachten. Die Miete wurde zu teuer, deshalb zog ich wieder in die Wohnung über der «Wäscherei & Reinigung» Moog, dorthin, wo ich früher schon mit Kathy gewohnt hatte. Es hatte sich nichts verändert, sogar die Groschen und Pfennigstücke, die Kathy einmal über dem Kopfende des Bettes an die Wand geklebt hatte, waren noch da. Das Kino diente nun als Lager für Konkursware und Dinge, die beim Transport beschädigt worden waren. Wenn Ware angeliefert wurde, half ich beim Abladen und bekam dafür zerbeulte Suppenbüchsen, deren Inhalt aber gut schmeckte. Wir bugsierten die Paletten mit dem Hubwagen durch den Eingang und stellten sie im ehemaligen Kinosaal ab. Beim Supermarkt schob ich leere Einkaufswagen zusammen und sammelte mit einem Greifstab Papier vom Parkplatz auf, sodass ich mich nicht bücken musste. In der Cafeteria bekam ich gratis Kaffee. Abends schenkten mir die Bäckereiverkäuferinnen übrig gebliebene belegte Brötchen und Kuchen. Ich half im Kalksteinbruch, wenn Löcher für die Sprengungen gebohrt wurden, besorgte Getränke für die Arbeiter. Später fuhr ich sogar den Caterpillar, ließ aus seiner Schaufel eine schwere Eisenkugel auf mächtige Felsbrocken plumpsen, die dann in viele kleine Stücke zerbrachen, sodass ein Bagger sie auf Lastwagen schaufeln konnte. Diese Bagger fraßen sich immer tiefer in die Erde hinein. Der Steinbruch war mittlerweile so groß, dass man ein ganzes Dorf darin hätte verschwinden lassen können. Wenn ich meine Arbeit im Steinbruch erledigt hatte, fuhr ich mit Höger im

Lastwagen. Manchmal stieg ich unten beim Broog aus, um Kathy zu besuchen, dann ließ ich mich mit dem nächsten Lastwagen, der vorbeifuhr, weiter nach Kall kutschieren. Ich saß in der Cafeteria des Supermarktes an dem kleinen Fenstertisch neben der Bäckereitheke, nippte an meinem Kaffee und roch die frisch gebackenen Brötchen. Die Leute kamen mit ihren Autos aus den Dörfern, wo es mittlerweile keine Geschäfte mehr gab. Sie liefen durch die Drehtür, an der Cafeteria und am türkischen Imbiss vorbei, in den Supermarkt. Wenn ich dort saß und die Leute beobachtete, fiel mir längst Vergessenes wieder ein, so als hätte jemand im Vorbeigehen Erinnerungen von irgendwoher mitgebracht. Ich betrachtete die Leute und lauschte ihren Erzählungen, fragte mich, ob es jemanden wie Peeh nochmals für mich geben könnte. Evros schrieb mir alle paar Monate und schwärmte von seiner Insel, ich müsse ihn unbedingt besuchen, ich könne so lange bleiben, wie ich wollte. Er brauche jemanden wie mich, der ihm zur Hand gehe. Dem Brief hatte er Fotografien beigelegt, die eine schöne, kleine Pension am Meer zeigten. Aber Evros kannte mich und wusste, dass ich Kall nicht mehr verlassen würde. 1980 schrieb er mir, Peeh sei bei ihm in der Pension gewesen. Ich hatte lange nichts mehr von ihr gehört. Sie war nicht einmal zur Beerdigung ihrer Mutter nach Kall gekommen, mit der sie sich nie gut verstanden hatte. Peeh hatte eine Woche mit ihren Kindern und ihrem Mann in der Pension von Evros gewohnt. Auf seiner Insel am Strand war das Foto mit ihren Kindern entstanden. Peeh hatte Evros gebeten, mir Grüße auszurichten und mir die Fotografie von ihr und den Kindern zu schicken. Ich betrachtete sie immer wieder. Peeh spielte auf dem Bild mit ihrem Sohn Paul am Strand. Ihr Mann stand daneben und hielt ein kleines Mädchen auf dem Arm. Evros wusste nicht, wo Peeh zu Hause war. Vielleicht hatte sie kein Zuhause, und reiste nur in der Welt herum.

. . .

Annie lief mit Bellarmin, der sie diesmal mitgenommen hatte, durch die Felder zu den Bleisandhalden des alten Bergwerks. Sie zwängten sich durch eine Lücke im Zaun, kletterten die Halden hinauf. Kieselsand rutschte unter Annies Sohlen weg. Sie hatte plötzlich keinen festen Tritt mehr, stolperte, drohte, den Halt zu verlieren, fürchtete abzustürzen. Bellarmin kam ihr einige Schritte entgegen und reichte ihr seine Hand. Oben lag eine karge Landschaft vor ihnen, ein Brackwassersee, vom Wind gebeugte Zirbelkiefern, Heidekraut, tiefe Mulden und Löcher, die entstanden waren, als Sand in die Stollen und Hohlräume eingesackt war. Überall waren Schilder, auf denen stand, das Betreten des Bergwerksgebietes sei lebensgefährlich und daher verboten. Bellarmin bat Annie, dicht hinter ihm zu gehen. Sie folgte ihm bis zu einem schroffen Abhang, unter dem sich das Land wie ein Meer erstreckte. Sie hockten auf dem Geröll und blickten weit über die Ebene hinweg. Windräder drehten sich auf den Anhöhen. Annie suchte nach Azzurro, der auf einer Weide bei den Windrädern stehen musste. Sie ging immer noch möglichst oft zu ihm, ritt mit ihm aus und flüsterte ihm, wenn sie über die Felder galoppierte, ins Ohr, dass sie ihn kaufen und er ihr dann allein gehören würde.

Annie wartete mit Bellarmin auf den Einbruch der Dämmerung. Bellarmin hatte gelacht, als sie ihn so nannte, aber es gefiel ihm. Sie redeten über den Archäologen, über Strohwangs Schatz und Rosarius' Liebe zu Peeh. Sie sagte, sie wolle alles aufschreiben, was Rosarius berichtete. Bellarmin bestärkte sie in ihrem Vorhaben. In der Dunkelheit schwirrten Ziegenmelker umher, Annie sah ihre weiße Flügelbinde. Weit entfernt entdeckte sie eine am Horizont vorbeiziehende Gewitterlinie.

Sie schlief neben Bellarmin ein, erwachte, als ein Käfer über ihre Wange krabbelte. Trotz der Decke, die Bellarmin über sie gelegt hatte, fror sie. Als er sie in den Arm nahm, sie mit seinem Körper wärmte, schlief sie bald wieder ein.

n der Zeit, in der Evros in Griechenland lebte, hatte ich nichts anderes zu tun als mit Vincentini in der Eifel umherzufahren. Er erzählte immer wieder von den Gräueltaten in Warschau und der Flucht vor den Russen, davon, wie er mit seinen Kameraden vor den Panzern auf einen zugefrorenen See geflohen war, wie sie dort die ganze Nacht auf dem knackenden Eis gekauert hatten, über ihnen der von der Leuchtmunition der Russen erhellte Himmel. «Solange wir uns nicht bewegten, konnten sie uns nicht sehen», sagte Vincentini. Er hatte mit ansehen müssen, wie Kameraden lautlos im See versanken. Er war über das dünne Eis gekrochen, hatte im Morgengrauen eine Lücke zwischen den russischen Stellungen gefunden, war durch einen Wald gelaufen, bis er erschöpft in einen Straßengraben gefallen und dort liegen geblieben war. Fast erfroren hatte ein polnischer Bauer ihn gefunden und zu seinem Hof gebracht. Dort versteckte man ihn in der Scheune vor den Russen und die Familie pflegte ihn gesund.

Vincentini verkaufte weniger Geräte als früher, die meisten Leute, die er einst behandelt hatte, waren gestorben, denn gegen den Tod half auch der Perseus nicht. Seine Kunden waren nach wie vor fast ausschließlich Frauen, die er gegen Frigidität behandelte. Er hatte die fixe Idee, ich müsste sein Geschäft später einmal übernehmen. Deshalb versuchte er mir beizubringen, wie man mit dem Perseus umging, erklärte mir, mit den Fingerspitzen müsse ich die Halsschlagader der Frauen zart beklopfen, um so die erweiterte Fläche der Halsarterie des Karotissinus zu ertasten. Wenn ich den zarten Pulsschlag der Karotisdrüse wahrnähme, müsste ich für zwei Sekunden, auf keinen Fall länger, die Elektrode sanft mit schwächster Stromstärke einsetzen. Dann hätte ich mich dem Schambeinhöcker, der die weibliche Sexualität aktivierte, zu widmen. Ich müsste die Elektrode für sechzig Sekunden mit Halbstrom ansetzen, erst auf der linken, dann auf der rechten Seite.

Wir übernachteten in kleinen Hotels, in denen Vincentini abends an der Theke sitzend vom Perseus schwärmte und seine Kriegserlebnisse zum Besten gab.

Eines Abends, wir waren gerade unterwegs, brannte das Haus ab, in dem seine Geräte lagerten. Als wir nach einer rasanten Fahrt über die Dörfer dort ankamen, war das Lager bis auf die Grundmauern vernichtet. Alle Perseusgeräte waren den Flammen zum Opfer gefallen. Vincentini wankte durch das eingestürzte Gemäuer, suchte unter den Steinen nach Einzelteilen, jammerte, sein Lebenswerk sei nun zerstört. Er sammelte verkokelte Bruchstücke des Perseus auf, klagte während der ganzen Rückfahrt, er sei nun ein ruinierter Mann, der nur noch einen einzigen Perseus besitze. Er beschuldigte die Weißkittel der Brandstiftung. Abends im Hotelzimmer versuchte er, den Perseus nachzubauen.

· · ·

Wenn Annie mit Azzurro ausritt, kam sie an den Streu-
obstwiesen vorbei. Im Sattel sitzend pflückte sie Berlepsch-Äpfel für Rosarius. Sie galoppierte mit Azzurro
durch eine andere, ihr bisher unbekannte Welt, in der
sich die Farben im Wechsel des Herbstlichts spiegelten.

Rosarius schlief, als Annie nachts ins Zimmer kam.
Sie schälte ihm einen Apfel, schnitt hauchdünne Scheiben ab. Sie berührte seine Lippen mit der Frucht, er öffnete den Mund und saugte den Saft heraus. Anschlie-
ßend las sie Rosarius aus dem «Hyperion» vor, zog mit
ihm durch die Vergangenheit, wie Ährenleser einst über
abgeerntete Stoppelfelder gegangen waren.

An den Wochenenden fuhr ich mit Karl Höger zu den Fischteichen. Wir standen morgens um fünf auf, parkten den Laster am Schotterplatz bei den Windrädern und liefen zum Wasser hinunter, wo wir den ganzen Tag am Teichufer saßen und angelten. Ingrid, Högers Frau, kam mittags mit den Kindern. Sie nahm die gefangenen Forellen und Barsche aus und briet sie über dem Lagerfeuer. Ingrid war gerade mal so groß wie ein Besenstiel. Sie hatte eine dicke Warze am linken Nasenflügel. Höger redete von seinen Weltreisen. Ingrid war nicht begeistert von seinen Geschichten, sie wollte nicht, dass er noch einmal auf Auslandstour ging.

Im Sommer 1990 fuhr Höger doch wieder ins Ausland. Ich war zweiundfünfzig Jahre alt, als mich kein Lastwagenfahrer mehr mitnahm, weil ich ihnen unheimlich geworden war und sie mein Gerede von Peeh nicht ertrugen. Ich besaß seit Kurzem einen jungen Schäferhundmischling, den jemand am Fahrradunterstand des Supermarktes angebunden hatte. Als er abends noch dort gesessen hatte, nahm ich ihn mit. Der junge Hund erinnerte mich an meinen früheren Hund Socke, also nannte ich ihn auch wieder Socke. Ich spazierte viel mit dem Hund herum, manchmal tagelang. Wir gingen von unserer Wohnung über die Straße zu den Sandsteinfelsen und zu Kathys Baum. Peeh saß leibhaftig auf der Broog-Bank und wartete auf mich. Ich konnte sie berühren und ihr in die schönen, traurigen Augen sehen. Manchmal saßen wir den ganzen Nachmittag bis zum Abend zusammen. Wir blickten zur Urftaue hinunter. Socke streifte durch das Gebüsch und stöberte Hasen auf. Ich erzählte Peeh von meinem Vater, dem Archäologen, was ich alles über ihn gelesen und erfahren hatte. Wir blickten über Kall hinweg zum Fußballplatz, zur Grund- und Hauptschule mit der Bibliothek, wo Kathy früher geputzt hatte. Wir gingen über die Sandsteinfelsen bis nach Mauel. Bei schönem Wetter saß ich draußen vor dem Supermarkt unter der Markise. Ich dachte immer an Peeh, jeden Tag, jede Sekunde. Ich sah sie mit einem Auto auf den Parkplatz rollen, den Wagen abstellen, aussteigen und über den Parkplatz gehen. Ich lief zu ihr, umarmte und küsste sie, sie aber fühlte sich belästigt und schrie.

. . .

Annie zog ihre Kleider aus und legte sie sorgfältig auf einen Kiefernast. Nebelschleier zogen schwebend über den See hinweg. Sonnenfischchen huschten am Ufer um ihre Füße, verschwanden in der Tiefe. Bald stand sie bis zum Bauch im Wasser und schwamm bis zur Mitte des Sees, wo sie sich erschöpft auf den Rücken drehte und in den Himmel sah. Prachtlibellen segelten über dem Wasser, mit blitzschnellen Manövern jagten sie winzige Insekten. Vom Uferschilf klang das Tscharren der Teichrohrsänger herüber. Annie schwamm weiter, bis ihre Füße am anderen Ufer endlich Grund fanden. Sie watete im Uferschlamm, kletterte über das Geröll zum Malakowturm. Jemand hatte Graffiti an die Wände gesprüht, dürre, gebeugte Figuren ohne Gesichter. Auf dem Boden lagen rostige Bierdosen und Glasscherben. Eine Eisentreppe führte zur Aussichtsplattform hinauf.

Ein Mähdrescher fuhr über ein Feld, wendete vor dem Bahndamm und kam zurück. Später am Abend glitten Züge durch die Ebene. Glühwürmchen tanzten in der lauen Nacht.

Annie ging zur Remise, schritt an den Bücherregalen entlang, die bis unter das Dach reichten und nun voller Bücher standen. Sie öffnete vorsichtig die Tür zu Bellarmins Zimmer. Leise zog sie sich im Dunkeln aus, kroch zu ihm unter die Decke und schmiegte sich an seinen warmen Körper.

In ihrer Erinnerung wird es auf die zerbrochenen Scheiben des Gewächshauses regnen. Sie wird neben Bellarmin aufwachen. Sie hört Marder auf dem Dach trippeln, spürt Bellarmin, der neben ihr schläft. Sie wird bestimmte Dinge in ihrem Leben nie mehr vergessen.

I n den ersten Jahren in der psychiatrischen Anstalt ver-
abreichten mir die Ärzte zahllose Medikamente und
machten Röntgenbilder von meinem Kopfinneren. Die
Psychologen wunderten sich darüber, dass ich den ganzen «Hyperion» auswendig kannte, Tausende Straßennamen und andere Sachen behalten hatte, Dinge, die
ihrer Meinung nach völlig unwichtig waren. Aber einmal sagte ein Arzt zu mir, niemand wisse, was wirklich
wichtig im Leben sei. Dieser Psychiater machte Tests
mit mir und schrieb sogar Aufsätze über mich, die er
in wissenschaftlichen Zeitschriften veröffentlichte. Er
fragte, was mich früher interessiert hätte. Ich erzählte,
ich hätte gerne Bälle vom Seitenaus ins Fußballfeld zu-
rückgeworfen, außerdem wäre ich mit den Steinlastern
vom Zementwerk gefahren und hätte dabei Weltreisen
mit Karl Höger unternommen. Der Arzt stand oft
an seinem Bürofenster und sah mir zu, wie ich immer
auf demselben Weg zwischen den Kastanien hin und her
lief, während ich mit mir selbst redete und Straßennamen rezitierte. Bei schönem Wetter saß ich mit Peeh
zusammen auf der Bank unter den Kastanien. Peehs
Besuche wurden immer seltener. Erst kam sie nur noch
einmal im Monat, dann alle zwei Monate, dann ein halbes Jahr nicht. Es war Winter, als ich sie das letzte Mal
sah. Sie ging den Weg entlang und setzte sich auf die
Bank. Peeh trug eine gehäkelte Wollmütze, einen Schal
und einen langen Mantel. Ich lief zu ihr, und als ich vor
ihr stand, sah sie mich schweigend an. Ihre Haut war
weiß und kalt geworden. Sie hatte glühend rote Lippen,

aber nur noch wenige Sommersprossen auf den Wangen. Sie erzählte mir, sie habe jemand anderen kennengelernt, jemanden, den sie über alles liebe und mit dem sie endgültig weggehen würde und meinte, ich hätte sie ohnehin nicht entschlossen genug geliebt, denn sonst wäre ich mit ihr weggegangen, egal wohin. Außerdem würde ich nie wieder aus der Anstalt entlassen werden. Eigentlich wollte ich diese sichere Umgebung auch nie mehr verlassen. Sie nahm meine Hand, sagte, ich solle ihr nicht böse sein.

Karl Höger war 1993 von einer Auslandstour zurückgekommen und besuchte mich. Auch Vincentini kam hin und wieder vorbei. Er redete wie immer nur vom Perseus, den er nachzubauen versuchte, obwohl er keine Ahnung von Elektrik hatte. Er sagte, er habe Socke zu Strohwang gebracht, der Hund habe es gut bei ihm. Manchmal besuchten mich die Verkäuferinnen aus der Cafeteria. Sie brachten Kuchen mit und erzählten von Kall. Es war, als redeten sie von einem Ort, den sich ein Dichter ausgedacht hatte und in dem alles so wie in Wirklichkeit war, aber doch irgendwie anders.

. . .

Annie streifte die Schuhe ab, setzte sich zu Rosarius ans Bett und stellte ihre kalten Füße auf die warmen Heizungsrippen unter dem Fensterbrett.

Im Tal, wo die Bahnstrecke nach Köln verlief, erstreckten sich vom Schnee gepuderte Felder und Wiesen. Über die Wallenthaler Höhenstraße fuhren aus der Stadt kommende Autos.

Rosarius fragte nach Berlepsch-Äpfeln, die Annie ihm im Herbst mitgebracht hatte. Für ihn gab es keine wechselnden Jahreszeiten mehr, alles blieb gleich. Annie war für ihn ganz Peeh geworden.

Zwei Jahre später schrieb Evros aus Griechenland, er wolle nach Kall zurückkommen und wieder seine alte Gaststätte eröffnen. Ich weiß nicht, warum er nach Kall zurückgekehrt ist, er hat nie mit mir darüber gesprochen, vielleicht ist in Griechenland etwas schiefgelaufen. Der Pächter hatte die Gaststätte heruntergewirtschaftet, die letzten Monate keine Pacht mehr bezahlt und war dann eines Tages spurlos verschwunden. Als Evros wieder in Kall lebte, besuchte er mich fast jede Woche in der Psychiatrie. Er besaß kein Auto mehr. Er fuhr, wenn die Gaststätte montags geschlossen war, von Kall mit dem Zug nach Euskirchen, dann mit dem Bus über Dörfer, die Düttling, Vlatten und Ginnick hießen. Er brach sehr früh auf und kam dennoch erst mittags an. Ich sah vom Fenster aus, wie er aus dem Linienbus stieg, zum Pförtner ging und dann durch den Park lief. Ich fragte ihn, was mit Socke sei. Evros berichtete, er bewache das Areal oben am Broog. Er erzählte mir von Strohwang und seinen Verrücktheiten, seiner krankhaften Schatzsuche. Er meinte, Strohwang sei noch verwirrter als ich, aber den sperre niemand ein. Evros glaubte, wäre er nicht weggegangen, dann wäre ich auch nicht verrückt geworden, denn so etwas passiere nur, wenn man ganz allein ist. Evros versuchte alles, um mich aus der Anstalt zu holen. Er behauptete, er benötige dringend meine Hilfe in der Gaststätte. Schließlich wurde er mein Vormund, sodass ich nach Kall zurückkehren konnte. In unserer früheren Wohnung über der Gaststätte entdeckte ich einen alten Koffer, der mit einem Gürtel zusammengehalten wurde. Evros konnte mir nicht sagen, wie er dort hingekommen war. Er vermutete, der Pächter hätte den Koffer irgendwann angenommen und oben abgestellt. Als ich den Koffer öffnete, fand ich darin Tonscherben, Bücher, Aufzeichnungen des Archäologen, Wüstensand und Steine. Ich lebte wieder in der Wohnung. Der Lärm aus der Gaststätte störte mich nicht. In der Klinik hatten die Patienten geschrien, die ganze Nacht hindurch verzweifelt über das Leben geklagt, obwohl das Leben doch eigentlich schön ist. Ich fühlte mich wohl, wenn ich den Stimmen der Leute unten in der Wirtschaft lauschen konnte. Manchmal wachte ich mitten in der Nacht auf, glaubte, Vincentini schwadroniere über seinen Perseus. Wer weiß, vielleicht war er wirklich dort. Tagsüber arbeitete ich wieder im Supermarkt, schob die Einkaufswagen zusammen, kehrte den Parkplatz und kratzte klebrige Kaugummis vom Asphalt. Abends half ich Evros, sonst fuhr ich wieder mit den Lastwagen, stieg am Broog aus, ging zu Kathy und besuchte Socke, der Strohwangs Gelände bewachte. Strohwang war mittlerweile Rentner und tat nichts anderes, als nach dem Schatz zu graben.

Sonntagsnachmittags besuchte ich die Fußballspiele der ersten Mannschaft. Claßen hatte einen schweren Autounfall gehabt, seitdem war er querschnittsgelähmt und saß am Spielfeldrand in seinem Rollstuhl. Ich fischte wieder den Ball aus der Urft, warf ihn ins Spiel zurück und fuhr Claßen mit dem Rollstuhl an der Seitenlinie entlang, weil er auf Ballhöhe sein wollte. Er regte sich über jeden Fehlpass auf und brüllte herum. Nach dem Spiel schob ich ihn mit seinem Rollstuhl durch Kall, dann nach Keldenich, ungefähr zwei Kilometer steil bergan. Ich war völlig außer Atem, als wir oben ankamen. Seine Schwiegertochter Elena brühte uns Kaffee auf. Manchmal blieb ich zum Abendessen. Elena kochte gut, war hübsch und sympathisch, dennoch hatte Claßens Sohn sie verlassen. Er lebte nun mit einer anderen Frau in Köln. Elena saß bei uns, lächelte und sah mich heimlich an, während Claßen über Fußball redete. Elena begleitete mich zur Umgehungsstraße, wo wir uns auf eine Bank setzten. Die Laster krochen aus dem Bruch und fuhren, einen Staubschleier hinter sich herziehend, über den Höhenrücken. Wenn einer auf die Landstraße bog, verabschiedete ich mich von Elena. Ich weiß nicht, warum die Zeit nun schneller verging. Vielleicht geht es, wenn es schön ist, besonders schnell, so schnell, dass man sich an vieles Schöne nicht mehr erinnert, wenn es wieder schlimmer im Leben wird.

. . .

Manchmal stand Annie nachts, wenn Bellarmin tief schlief, leise aus seinem Bett auf, zog sich an und setzte sich in einen Sessel in der Remise oder schlich durch den Park, durch den Kolonnadengang, der Haus Risa mit Haus Viktoria verband, durch die Flure zu Rosarius, der mit geschlossenen Augen im Bett lag. *Bald kommen ja die schönen Wintertage, wo die dunkle Erde nichts mehr ist, als die Folie des leuchtenden Himmels, da wäre es gute Zeit.* «Wozu wäre es gute Zeit?», fragte Annie leise. Rosarius antwortete nicht, wiederholte nur ihre Frage und summte dann wieder mit einem Lächeln auf seinem Gesicht. Annie ging durch das Zimmer, setzte sich in den Sessel am Bett, wärmte ihre Füße unter seiner Bettdecke und hörte ihm zu, ohne recht zu wissen, was sie eigentlich von ihm erfahren wollte. Annie zitterte wie Gras im Wind. Vielleicht lag es an ihren Gefühlen für Bellarmin, an der Liebe, *da blinken ohnedies gastfreundlicher die Inseln des Lichts!*, murmelte Rosarius. Sie kehrte zum schlafenden Bellarmin zurück, legte sich zu ihm, schmiegte sich an seine warme Haut, roch an seinem Haar und dachte an die Dinge, von denen Rosarius gesprochen hatte.

Das Leben erschien Annie wie ein zufällig zusammengefügtes Mosaik aus Gefühlen, Träumen, flüchtiger werdenden Erinnerungen. Sie weinte, weil sie wusste, bald würde alles vorüber sein. Unter dem Dach der Remise kratzten Marder, zerrissen mit ihren Krallen und spitzen Zähnchen alte Bücher; manchmal schneite es Papierschnipsel vom Gebälk auf den feuchten Lehmboden der Remise.

. . .

Teil 5

Annie sah aus dem Fenster. Schneegraupel rieselte von Baumkronen. Bellarmin streute Salz auf den Weg, der vom Haus zur Remise führte. Er trug einen gefütterten Parka, rieb zwischendurch seine Hände, hauchte hinein und arbeitete weiter.

Annie beugte sich über das Ausgussbecken, hielt sich am kalten Porzellan fest und roch die Zitronenseife auf der Ablage. Ihr war plötzlich übel und schwindlig. Sie übergab sich ins Becken und spülte danach den Mund aus. Sie wollte nicht in den Spiegel sehen.

Im Beckenrand krabbelte eine kleine Spinne. Annie hörte Rosarius über Peeh reden. Er rief nach ihr, wollte die Geschichte zu Ende erzählen. Sie setzte sich zu ihm und hörte zu. Die Gedanken des alten Mannes wurden zu Worten, die wie Schneeflocken im Gestöber umherwirbelten.

Strohwang war mittlerweile Anfang sechzig und wohnte auf dem Broog in einem Bauwagen, den er vor einigen Jahren hatte dorthin schaffen lassen. Wenn ich Socke besuchte, musste ich warten, bis er die Leitung abgeklemmt hatte, die den Zaun unter Strom setzte. Strohwang fürchtete panisch, jemand könnte ihm seinen Schatz streitig machen, einen Schatz, den er noch nicht gefunden hatte und den es wahrscheinlich nicht gab. Er hatte sogar Selbstschussanlagen eingegraben. Am Zaun hingen Hinweisschilder mit der Aufschrift «Privatbesitz», «Hochspannung» und «Warnung vor dem Hunde». Strohwang besaß einen kleinen Bagger, mit dem er die gesamte Gegend durchwühlte. Ich half ihm manchmal, um wenigstens für kurze Zeit mit Socke zusammen zu sein, denn Strohwang gab mir Socke nicht mehr zurück, behauptete, Vincentini hätte ihm den Hund für ein Vermögen verkauft. Unentwegt redete Strohwang von seinem Schatz, von der Beute des Lohngeldraubs, die die Räuber einst in den Höhlen und Stollen versteckt hatten. Vielleicht hätte man ihn und Vincentini zusammen einsperren sollen, dann hätten sie sich ihre Spinnereien gegenseitig erzählen können. Einmal, während ich oben bei Strohwang war und an einer Stelle grub, die er mir gezeigt hatte, stürzte er in einen Schacht und war plötzlich wie vom Erdboden verschluckt. Socke spitzte die Ohren, legte die Schnauze auf die Pfoten und blickte mich treu an. Der Hund verhielt sich, als wäre nichts geschehen und sah mir beim Arbeiten zu. Nach einiger Zeit merkte ich, dass Strohwang in eine mehrere

Meter tiefe Grube gefallen war, aus der er sich nicht selbst befreien konnte. Ich holte einen Strick aus dem Bauwagen, schlang das Ende um einen Baumstamm und zog Strohwang hoch, Zentimeter für Zentimeter. Der Hund zerrte am Strick, zunächst dachte ich, er wollte mir helfen, aber er versuchte wohl eher, ihn durchzubeißen. Strohwang hatte sich ein paar Rippen gebrochen und eine Gehirnerschütterung erlitten.

. . .

Die Straßen waren vereist, Annie musste aufpassen, dass sie mit ihrem Roller nicht stürzte. Sie trug die bunte gehäkelte Wollmütze der verstorbenen Tänzerin, fingerlose Handschuhe und einen warmen Lodenmantel. An den Zweigen hatten sich winzige Eiskristalle gebildet. Kall war im Nebel versunken. Alles kam ihr unwirklich vor. Oben auf der Höhe standen Windkraftanlagen. Von den drehenden Rotorblättern löste sich Nebelschnee, der wie gesponnenes Garn über die Felder schwebte, unter denen sich Reste römischer Siedlungen und Militärstraßen befanden, Straßen, von denen Rosarius gelegentlich erzählte.

Auf der Weide war die Pferdetränke zugefroren. Annie kroch unter dem Weidenzaun hindurch. Sie ging zur Tränke und schlug mit einem Stein mehrmals auf die glatte Eisschicht, bis Wasser heraussickerte. Als die Pferde sie sahen, sprengten sie auseinander, um bald zurückzukommen. Annie ging in den Stall und mistete aus. Danach setzte sie sich in die Sonne und las im «Hyperion». Mit Raureif behangene Büsche am Feldrand, Sonnenstrahlen über Wiesen, tauende, glitzernde Eiskristalle an Gräsern und Zweigen. *Wir sind nicht geschieden, lebendige Töne sind wir und schillernde Farben und alles Getrennte findet sich.*

Als ich Strohwang nach seinem Sturz im Krankenhaus besuchte, war er mit Medikamenten ruhig gestellt. Seine größte Sorge war, ob abgesperrt, alles gesichert und der Strom eingeschaltet war. Er flüsterte mir ins Ohr, er habe die Schatzkammer gefunden, ich sei der Einzige, dem er dies mitteile. Aber auch mir traute er nicht, schließlich hielt er mich für beschränkt. Strohwang fürchtete, er rede im Schlaf von seinem Schatz und die anderen Patienten in seinem Zimmer würden sein Geheimnis erfahren.

Einmal, als ich nachmittags den Pfad zum Broog hochkletterte, hörte ich Socke kläffen. Oben am Zaun standen einige Jungen, die wegrannten, als ich mich näherte. Socke stand bellend und zähnefletschend unter einem Baum, in dem ein Junge hockte. Er hatte Angst, der Hund könnte ihn beißen. Socke hatte noch nie jemanden gebissen, schon gar keine Kinder. Ständig mit einem verwirrten Kerl wie Strohwang zusammen zu sein, färbt ab, selbst auf den gutmütigsten Hund. Ich schaltete den Strom ab, sperrte Socke in den Zwinger und forderte den Jungen auf, endlich von seinem Ast herunterzuklettern. Als ich später mit ihm nach unten zur Straße ging, fragte ich den Jungen, er hieß Klaus und war mit Trainer Claßen verwandt, was sie da oben wollten. Er sagte, sie wollten Strohwangs Schatz sehen, von dem alle redeten. Ich erklärte ihm, das sei Irrsinn, denn es gebe keinen Schatz. Strohwang würde nur danach suchen, weil ihm nichts Besseres einfalle. Während

wir auf einen Steinlaster warteten, erzählte ich Klaus,
ich hätte früher im Tor der ersten Mannschaft gestanden, sein Onkel Claßen habe mich entdeckt und trai-
niert. Der Junge spielte in der Schülermannschaft
und war ein guter Mittelfeldspieler. Erst als er im Steinlaster nach Hause unterwegs war, ging ich nach oben und
holte Socke aus seinem Zwinger. Ich setzte mich auf die
Bank am Fels, wo Kathy hinuntergesprungen und ein
Stück geflogen war. Ich saß dort, sah auf die Baumkronen der mächtigen Buchen, auf Kathys Baum am Fels.
Die ersten Blätter lösten sich von den Zweigen, wurden
vom Wind hochgewirbelt, flogen dann wie unruhige,
sich sammelnde Vogelschwärme über dem Tal. Socke
lag neben mir und hatte seinen Kopf auf meine Schuhe
gelegt. Es summte leise in meinem Kopf, und ich dachte
an die Bienen und die Königin, die jetzt sicherlich
irgendwo schliefen.

. . .

Annie hatte beim Malakowturm nach Bellarmin gesucht, war auf den Turm geklettert, konnte Bellarmin
aber nirgendwo entdecken. Sie sah zum Broog hinüber,
wo Strohwang nach seinem Schatz gegraben hatte. Ein
Sturm hatte dort Bäume wie Strohhalme geknickt. Da
Annies Dienst bald begann, lief sie zur Risahöhe zurück.

In der Nacht machte Annie ihren Kontrollgang durch
die Zimmer. Rosarius lag unruhig im Bett. Lambertz
war da gewesen und hatte Fragen gestellt, die Rosarius
nicht verstand. Er murmelte Straßennamen, viele unbekannte Namen, die sich kein normaler Mensch merken
konnte. Vielleicht hatte Rosarius die Namen nur erfun-
den, ein verzweigtes Spinnennetz von Pfaden, Wegen
und Straßen, in dem der alte Mann sich verfangen hatte,
in einer Welt, die es nicht wirklich gab. Am Morgen, als
ihr Dienst vorüber war, ging sie in die Remise. Bellarmin war nicht da. Sie suchte in den Schränken nach einem warmen Mantel für den Winter, fand einen, der ihr
passte, und betrachtete sich im Schrankspiegel. Sie behielt den mit Daunen gefütterten Mantel an, setzte sich
in einen Sessel und las in einem Buch über Archäologie.
Als Bellarmin endlich kam, schlief sie. Er weckte sie vorsichtig, sie umarmten und küssten sich.

Das Lager des Archäologen befindet sich in der marokkanischen Steinwüste *(Nord 30°20'46" West 06°09'37")*, 30 Kilometer von Zagora entfernt, sein Zelt steht auf einem Hochplateau direkt neben einer Akazie, die mit langen Dornen bewehrt ist, deren doppelt gefiederte Blätter Schatten spenden. Die letzten Europäer begegneten ihm in einer Wellblechsiedlung, als er Proviant und Wasservorräte auffüllte. Der Archäologe hockt an seinem schattigen Platz unter der Akazie, blickt zur Bergkette am Horizont. Berge, die nie jemand bestiegen hat, weil sich dort nur Sand befindet. Er macht Notizen und kleine Zeichnungen. Er schreibt, er beabsichtige, in den nächsten Tagen nochmals durch die Libysche Wüste über Algerien, Ägypten und Jordanien bis nach Syrien zu fahren. Er hat seinen Traum von Resafa und der verschwundenen Straße unter dem Sand der Syrischen Wüste noch nicht aufgegeben. Auf Hügeln wachsen dürre Terfa-Sträucher. Staub wird ständig aufgewirbelt, er kommt sich vor wie ein Sandkorn im Wüstenwind. In der Nacht regnet es. Die Akazie entfaltet ein Meer von duftenden Blüten, das Summen tausender Insekten begleitet den Sonnenaufgang. In der Savanne blühen nun Calotropis-Stauden, deren saftige, giftige Früchte unter den Händen zerbröseln. Ein schwarz-weiß gefiederter kleiner Vogel, der von den Einheimischen MulaMula genannt wird und Glück bringen soll, besucht ihn jeden Morgen zum Frühstück, holt sich eine Ration Rosinen ab. Der Archäologe spricht mit dem Vogel. Seit er an dieser Stelle zeltet, träumt er oft von seiner Jugend. In einem Traum, den er im Tagebuch schildert, sitzt er als junger Mann im Regionalzug in die Eifel auf der Strecke von Köln nach Trier, ein Mädchen hockt ihm gegenüber und sieht ihn unentwegt an. Er erzählt ihr von antiken Straßen, die

die ganze Welt wie ein Netz umspannen. Er blickt in ihre großen, naiven Augen, während er redet. Nachts ruft er schweißgebadet ihren Namen, an den er sich nicht mehr erinnert, sobald er aufgewacht ist, dann sinkt er zurück in den Schlaf, um sie wie damals zu liebkosen.

Als ich Strohwang im Krankenhaus besuchte und von den Jungen erzählte, die in sein Areal hatten einbrechen wollen, verlangte er, dass ich ihm ihre Namen nenne. Ich entgegnete, ich wüsste nicht, wer sie gewesen seien. Er regte sich auf, lamentierte, was ich für ein Dummkopf sei. Ich musste Äste, die über den elektrischen Zaun ragten, abschneiden und war gerade fertig geworden, als Strohwang den Steilhang hinaufkletterte. Er war noch nicht gesund, hatte sich aber selbst aus der Klinik entlassen. Ich glaube, sie waren dort froh, ihn los zu sein. Er brauchte eine Stunde bis nach oben, dann legte er sich in den Bauwagen und schlief erschöpft ein.

Ich fuhr mit Karl Höger, der seit einer Woche von einer Fernfahrt zurück war, im Steinlastwagen nach Kall. Höger erzählte unentwegt von fremden Ländern, in denen er gewesen war. Als Strohwang im Krankenhaus gelegen hatte, durfte Socke mich im Lastwagen begleiten. Ihm gefiel das genauso gut wie mir. Ich hätte ihn auch wieder mitgenommen, aber er gehörte schließlich Strohwang. Wäre Socke nicht oben bei ihm gewesen, hätte ich nicht geholfen. Als es ihm besser ging, besorgte Strohwang eine elektrische Seilwinde, mit der er sich in den Schacht hinunterließ. Er arbeitete von früh bis spät im Stollen. Wenn ich ihm Lebensmittel (Bier, Brot und Fischkonserven) brachte, war er unten im Schacht. Er hatte mittlerweile die Talsohle erreicht. Er erzählte, dort unten befänden sich Grotten so groß wie Fußballfelder, die das Grundwasser in Millionen Jahren aus dem Gestein herausgespült hatte, Geröll und Felsstücke, labyrinthische Gänge mit geheimnisvollen Zeichen an den Felsen. Wenn Strohwang verschwitzt nach oben kam, sah er aus, als hätte er jahrelang in den Höhlen gelebt, einem großen Lurch ähnlich. Er hatte eine alte Grubenlampe gefunden und meinte, die stamme von den Geldräubern. Ich musste ihm versprechen, niemandem etwas von dem Eingang zu erzählen, selbst wenn er dort unten sterben sollte, dürfte ich sein Geheimnis niemals verraten.

. . .

Annie fuhr Rosarius im Rollstuhl zur Dusche, zog ihm
die Schuhe aus, knöpfte sein Hemd auf, streifte ihm die
Hose herunter und half ihm, nackt, wie er war, auf den
in der Dusche stehenden stabilen Plastikstuhl. Sie ließ
warmes Wasser aus dem Duschkopf über ihn rinnen. Sie
seifte ihn mit Badeschaum ein, wusch ihm Haare, Hals,
Nacken und Rücken. *Die Wurzeln des Gedeihens nicht
achten*, murmelte Rosarius, während ihm Wasser über
das Gesicht rann. Annie flüsterte, *was ist alles, das die
Menschen in Jahrtausenden taten und dachten, gegen einen
einzigen Augenblick der Liebe?* Manchmal antwortete sie
Rosarius mit einer Textstelle aus dem «Hyperion». Sie
stand im Duschbecken, ihre Füße waren nass geworden,
ihre Bluse klebte an ihren Brüsten, ihr Haar war feucht
wie nach einem Sprühregen im Sommer, *alle Scheidenden
sprechen wie Trunkene, der Morgenwind regte sich, über-
zählte meinen Geist.* Rosarius streckte seine Hand aus,
um Annie zu berühren. Sie legte den Waschlappen zur
Seite, spülte lauwarmes, klares Wasser über den im Stuhl
hockenden Mann, der sie ansah und dessen Fingerspitzen nun zaghaft ihre Brüste berührten und an ihrem
Schritt entlangglitten. Es machte ihr nichts aus. *Peeh,
Peeh, ich bin ein Fremdling, der aus Liebe im Dunkeln wandert.* Annie lächelte. Sie half Rosarius aus der Dusche,
trocknete ihn ab, sah, wie sein Geschlecht sich aufge-
richtet hatte, stolz und schön vor ihr stand. Sie musste
schmunzeln, weil der alte Mann sich dessen gar nicht

schämte. Sie zog ihm einen frischen Schlafanzug an, föhnte seine Haare, kämmte einzelne Strähnen nach hinten, cremte sein Gesicht ein, glättete seine buschigen Augenbrauen, während Rosarius sie immer nur betrachtete und seltsame Dinge flüsterte, Dinge in ihr unbekannten Sprachen. Sie half ihm schließlich ins Bett, deckte ihn zu und stand in der Dämmerung vor ihm, strich ihr feuchtes Haar in den Nacken, knöpfte ihre Bluse auf. Rosarius betrachtete sie, sagte immerzu Peeh, berührte mit den Fingerkuppen zart ihre Brüste, schloss die Augen, schlief und träumte.

m nächsten Winter erschien Strohwang bei Evros, saß an der Theke und hörte sich Lästereien von Zehner und Delamot an. Strohwang hatte eine Eisenplatte über dem Schachteingang angebracht, sie mit Schlössern versehen und mit Laub bedeckt. Den Schlüssel für die Schlösser trug er an einer Kette um den Hals. Er schaffte sich einen Dobermann an, der sich mit Socke nicht vertrug und ihn immerzu biss, sodass Socke keine ruhige Minute mehr hatte. Immer wieder fragte ich Strohwang, ob er mir meinen Hund zurückgeben würde. Er tat es nicht, weil er vermutete, ich helfe ihm nur wegen Socke beim Graben.

Ich ging sonntags zum Fußballspiel der Jugendmannschaft. Claßen war stolz auf seinen Enkel Klaus. Er sagte, er sei das größte Kaller Fußball-Talent, wenn man von mir absehe. Im Gegensatz zu mir habe er aber auch noch Grips im Kopf und besuche das Gymnasium. Claßen war zwar alt und gebrechlich, aber die Fußballspiele wollte er unbedingt sehen. Ich schob Claßen weiterhin nach den Sonntagsspielen im Rollstuhl den Keldenicher Berg hoch. Er rauchte Zigarre und redete unentwegt über das Spiel. Da auch ich nicht mehr der Jüngste war, musste ich mich auf der Bank am Waldrand ausruhen, danach schob ich ihn das letzte Stück den Berg hoch.

In Keldenich angekommen, wollte Claßen zum Kirchfriedhof. Von dort blickte man bei klarem Wetter über die Ebene bis nach Köln. Ich hockte neben Claßens Rollstuhl auf der Treppe beim Steinkreuz und dachte an Peeh. Ich sah sie vor mir, hörte ihre Stimme, roch sie. Sie saß in einem Zimmer in der Stadt am Fenster und spielte Klavier. Ich musste mich konzentrieren, um nicht wieder verrückt zu werden. Als es dunkel wurde, sahen wir die flimmernden Lichter von Köln und den Vorstädten, Autos irrten wie Glühwürmchen in der Landschaft, folgten aber offensichtlich doch irgendwelchen Straßen und Zielen. Auf dem Friedhof waren fast alle Gräber eingeebnet worden. Claßen hatte aber den unbedingten Wunsch, dort beerdigt zu werden. Er hatte mehrere Anträge bei der Gemeindeverwaltung wegen einer Grabstätte gestellt, doch seine Anfragen waren abgelehnt worden. Er war wütend, sagte, er wolle sich in Belgien einäschern lassen und genau da, wo er jetzt mit dem Rollstuhl stehe, wo man den besten Ausblick habe, solle seine Asche verstreut werden.

Als Claßen im Herbst 1997 starb, erfüllte ich ihm diesen Wunsch. Er starb, als ich ihn den Berg nach Keldenich hochschob. Wie immer sprach er vom vorangegangenen Spiel. Ich hatte große Mühe, ihn zu schieben. Wir waren gerade am Wasserhäuschen, an der steilsten Stelle des Berges, als er kaum hörbar «Toor», «Tooor!» röchelte und dann plözlich still wurde. Der Rollstuhl erschien mir für einen Moment federleicht. Claßens Zigarre rollte neben dem Rollstuhl die Straße hinunter.

In der Nacht nach der Trauerfeier, verstreute ich mit Elena Claßens Asche. Danach saßen wir am Steinkreuz. Elena weinte und erzählte, sie müsse bald weggehen, denn Claßens Sohn hatte das Haus geerbt und wollte mit seiner neuen Frau dort einziehen. Bevor Elena Kall verließ, kam sie noch zu mir in die Cafeteria. Ich trug ihr Gepäck zum Bahnsteig. Danach sah ich sie nie wieder.

· · ·

Rosarius sagte leise zu Annie, wie traurig es sei, Menschen kennenzulernen, diese wieder zu vergessen und nie wieder von ihnen und ihrem Leben zu hören. Draußen auf der Wiese kollerten die Truthähne. Annie las Rosarius aus dem «Hyperion» vor, *schau ich aufs Meer hinaus und überdenke mein Leben, sein Steigen und Sinken,* Rosarius erinnerte sich, *seine Seligkeit und seine Trauer und meine Vergangenheit lautet mir oft, wie ein Saitenspiel, wo der Meister alle Töne durchläuft, und Streit und Einklang mit verborgener Ordnung untereinanderwirft.*

Es war Frühjahr geworden, auf dem matschigen Parkweg wendete nachts oft ein kleiner Firmenwagen. Scheinwerferlicht fiel in den Flur und streifte die Wand. Ein Mann mittleren Alters in Arbeitskleidung kam ins Heim, er besuchte seine Mutter. Annie sah ihn durch den Flur huschen, in einem Zimmer verschwinden, wo er neben dem Bett seiner Mutter saß und weinte.

Sie ging zu Rosarius, dessen Geist in der Vergangenheit weilte. Sie hörte ihm aufmerksam zu, wanderte in seinem Zimmer sitzend mit ihm durch Sand- und Geröllwüsten im Norden Afrikas, begleitete den Archäologen bei seinen Wanderungen durch die Wüste. Sie lehnte mit ihm an der Mauer eines verfallenen Kastells und gab ihm zu trinken.

Bellarmin stand nah bei Annie, zog Hemd und Shorts aus, umarmte und küsste sie. Ihre Brüste berührten sei-

nen Oberkörper. Sie fühlte seine Finger auf ihren Handflächen, seine Lippen an ihrem Hals. Er hatte ihre Arme
genommen, sie auf sich gezogen, sodass ihr nackter
Oberkörper auf seinem lag.

Im Winter hat der Archäologe sein Lager im Sandmeer der syrischen Wüste aufgeschlagen. (Nord 35° 40' 35" Ost 38° 50' 38") notiert er, ca. 83 Kilometer von Ar-Raqqa entfernt, hat er Meilensteine entdeckt, bilinguale Millarien, Säulen aus der Zeit der Trassenöffnung zwischen 162 und 363/64 n. Chr. Die in situ erhaltenen Steine waren nur von Flugsandschichten bedeckt. Die Via Nova Traiana verband nach der Annexion des Nabatäerreiches den landwirtschaftlich reichen Hauran in Südsyrien mit den Häfen Alia und Leuke am Roten Meer, die für den Orienthandel wichtigen Stationen am Arabischen Golf wie Spasinou Charax oder Hormus waren über diese Straße erreichbar.

Ein Sandsturm kommt auf. Er muss seine Untersuchungen abbrechen. Nachts im Zelt liest er Herodot, der von einem Volk berichtet, bei dem keiner einen eigenen Namen trägt. Dieses Volk verflucht die Sonne und überhäuft sie mit Schmähungen, weil sie zu heiß brennt und Menschen unter ihren Strahlen wie dürres Laub austrocknen. Zehn Tagesreisen weiter wohnt ein Volk, das, so Herodot, keine Träume mehr hat. Ein heftiger, ungewöhnlich scharfer Südwind stürmt und führt gewaltige Sanddünen mit sich. Einst sind Heere und prunkvolle Städte in solchen Sandstürmen versunken. Tagelang bleibt es vom umherwirbelnden Sand dunkel. Als der Sturm sich gelegt hat, ist die Bergkette am Horizont verschwunden. Eine schnurgerade, sich bis zum Horizont erstreckende, sechs Meter breite Handels- und Heerstraße, eingefasst in ein Fundament aus großen Granitquadern. Er bleibt, solange sein Wasservorrat reicht, dann baut er das Zelt ab, verstaut alles im Wagen und macht sich auf nach Damaskus.

Anfang Mai 1998, als es wärmer wurde, wuchtete Strohwang die Eisenplatte beiseite und suchte im darunterliegenden Schacht nach seinem Schatz. Der Broog war durchlöchert wie ein Schweizer Käse. Strohwang traute niemandem mehr und schaffte sich einen weiteren Hund an. Die beiden Hunde verbündeten sich gegen Socke, der bereits zehn Jahre alt war und nur noch seine Ruhe haben wollte. Ich bot Strohwang immer wieder Geld für den Hund, aber er verkaufte ihn nicht, wollte nur, dass ich ihm weiterhin half. Ich drückte mich so oft wie möglich, begleitete sogar lieber Vincentini, obwohl es inzwischen sehr gefährlich war, mit Vincentini im Auto zu fahren, denn er schlief manchmal am Steuer ein. Immerhin war er mittlerweile weit über achtzig. Ich las ihm, damit er wach blieb, aus dem «Hyperion» vor. *O Seele! Seele! Schönheit der Welt! du unzerstörbare! du entzückende! mit deiner ewigen Jugend! du bist; was ist denn der Tod und alles Wehe der Menschen?* Wenn er wieder einzuschlafen drohte und ich nicht weiter vorlas, sprach er selbst weiter: *Ach! viel der leeren Worte haben die Wunderlichen gemacht. Geschiehet doch alles aus Lust, und endet doch alles im Frieden.*

Manchmal fuhren wir zu den Vulkanmaaren, seinem Jungborn, wie Vincentini sagte. Er zog seinen Anzug aus, stakste mit schmutziger Unterhose den Hang hinab und schwamm auf das Maar hinaus. Er lag dort lange auf dem Rücken im Wasser.

Im Sommer kam auch Karl Höger von seiner letzten Auslandstour zurück. Er war jahrelang weg gewesen, hatte viel Geld verdient und endlich die Kredite für das Haus abbezahlt. Kurz nachdem er zurückkam, wurde seine Frau Ingrid schwer krank. Sie starb bald darauf. Im Lastwagen erzählte Höger wieder von Ortschaften und Kontinenten, fernen Ländern und Städten. Er redete davon, als würde er das alles genau kennen, wäre tatsächlich überall auf der Welt gewesen. So kreisten wir an einem Tag, manchmal auch nachts, bis zu zwanzig Mal um die Erde. Höger erzählte mir, wie schön es an all den verschiedenen Orten in der Welt sei. Aber jetzt wolle er nicht mehr weg. An den Wochenenden gingen wir wieder an die Teiche zum Angeln.

Strohwang verkaufte mir irgendwann doch noch Socke. Alle sagten, ich sei verrückt, für einen Köter so viel Geld zu zahlen. Aber Strohwang hätte Socke sonst krepieren lassen, der von den beiden anderen Hunden immer brutaler angefallen wurde. Evros hatte nichts dagegen, dass ich den Hund auf meinem Zimmer hielt. Wenn ich mit Höger im Lastwagen fuhr, schlief er auf dem Boden, seine Schnauze auf meinen Schuhen. Kamen wir beim Broog vorbei, wo Strohwang immer noch nach seinem Schatz wühlte, hob Socke den Kopf und wimmerte leise. Zwei- oder dreimal in der Woche, je nachdem, wie der Supermarktchef es verlangte, sammelte ich auf dem Parkplatz herumliegende Papierfetzen auf. Socke lief freudig Papierschnipseln hinterher, die im Wind umhertrieben, brachte sie mir und ich steckte alles in einen Plastiksack.

Im Sommer döste Socke gern im Schatten unter der

Markise vor der Cafeteria. Wir bekamen von den Verkäuferinnen belegte Brötchen, die übrig geblieben waren. Ich blieb bis zum Feierabend, stellte Stühle und
Tische zusammen. Danach ging ich zu Evros in die
Gaststätte. Ich bediente die Gäste, spielte mit Delamot
und Kleenbeen Kicker oder saß da und lauschte Gästen an der Theke. Sie sagten, Vincentini sei nach China
und Amerika gereist, um dort neue medizinische Wun-
dergeräte zu besorgen. Sie sprachen von Strohwangs
Goldschatz und Skeletten, die Strohwang angeblich in
einem Verlies gefunden haben sollte, erzählten von
Geistern und augenlosen Lurchen, die unten in einem
Labyrinth aus verwinkelten Gängen lebten und niemals
Sonnenlicht gesehen hatten. Nachdem die letzten Gäste
gegangen waren, räumte ich die Gaststätte auf. Evros
legte dann manchmal griechische Musik auf und tanzte
dazu. Wenn alles fertig war, gingen wir nach oben. Socke legte sich neben mein Bett, dorthin, wo auch meine
Kleider lagen, rollte sich zusammen, bettete die
Schnauze auf meine Schuhe, seufzte und schlief bald
tief. Ich wachte auf, wenn Socke morgens meine Hand
leckte. Evros wartete dann meistens schon in der Cafeteria. Wir frühstückten jeden Tag außer Sonntag in der
Cafeteria des Supermarktes. Morgens kam ohnehin niemand in die Gaststätte, so war es angebracht, erst am
späten Nachmittag aufzuschließen. Es war schön, in der
Morgensonne unter der Markise vor der Cafeteria zu
sitzen und zu den Sandsteinfelsen hinter den Bahngleis-
en zu blicken. Evros sagte, er komme sich vor wie auf

seiner griechischen Insel, das Licht sei genauso klar und sanft wie in seiner Heimat, es durchdringe alle Dinge, glitzere wie Sonnenschein auf blauem Ägäischen Meer. Er könne mich jetzt endlich verstehen. Er nannte Kall nun scherzhaft Kallaurea. Vor dem Markt lagen Plastiksäcke mit Blumenerde, stapelten sich Gartenstühle, stand eine Gitterbox mit Plastikfußbällen. In den heranfahrenden Autos saßen hübsche Frauen, die zum Einkaufen kamen. Manchmal dachte ich, wenn eine Frau auf den Einkaufsmarkt zulief, Peeh würde zurückkehren, aber ihr Bild verblasste, je näher die Frau kam. Ich fürchtete, sie nicht mehr wiederzuerkennen.

Evros ging am späten Vormittag zur Gaststätte zurück, weil Bierfässer angeliefert wurden. Socke lag unter dem Tisch im Schatten. Ich holte mir noch einen Kaffee und überlegte, ob ich wieder mit Karl Höger durch die Welt fahren sollte. Da sah ich ein Auto heranfahren und parken. Der junge Mann, der aus dem Auto stieg, ging zur Cafeteria. An der Bäckereitheke erkundigte er sich wohl bei einer Verkäuferin nach mir, er kam nach draußen und fragte höflich, ob er sich zu mir setzen dürfe. Er stellte sich als Peehs Sohn vor. Ich konnte vor Aufregung nichts sagen, blickte den jungen Mann nur an. Socke schnüffelte an seinen Beinen. Er ließ sich von ihm streicheln, was er sonst von Fremden kaum duldete. Paul konnte mir nicht viel von Peeh erzählen. Er hatte sie selbst seit Jahren nicht gesehen, wusste nicht einmal, ob sie noch lebte. Ich glaube, es interessierte ihn auch nicht. Paul war bei seinem Stiefvater aufgewachsen, hatte eine gute Anstellung und wollte bald heiraten. Er zeigte mir eine Fotografie seiner zukünftigen Frau, die mich unbedingt zu ihrer Hochzeit einladen wollte. Ein paar Monate später erhielt ich eine Einladung. Im Brief steckten eine Fahrkarte und ein Prospekt von dem Hotel, in dem die Hochzeitsfeier stattfinden sollte. Sogar ein Zimmer hatte Pauls Frau für mich reserviert. Sie schrieb, sie hätte nichts von Peeh gehört, aber sie würde sich freuen, wenn wenigstens ich zur Hochzeit kommen würde. Evros schickte mich vor meiner Abreise zum Friseur. Delamot war vorsichtig geworden. Er rasierte mir schon lange keine Glatze mehr, weil er befürchtete, ich würde dann erzählen, was er mit den Haaren seiner Kunden anstellte.

Evros brachte mich am nächsten Morgen zum Bahnhof und wartete, bis der Zug abfuhr. Ich stieg aber in Scheven hinter dem Tunnel wieder aus und lief zurück. Ich hörte nie wieder etwas von Paul und seiner Familie.

· · ·

Annie saß in ihrer kleinen Wohnung am Küchentisch. Sie hatte sich nach dem Nachtdienst Tee gekocht und sich hingesetzt, um zu schreiben. Als sie aus dem Fenster blickte, stand Bellarmin am Bahnsteig, der Zug fuhr ein, er warf seinen Rucksack über die Schulter, nahm sein Gepäck und stieg in den Zug. Annie weinte, weil sie wusste, Bellarmin war für sie nun für immer verloren. Er wollte sein Studium fortsetzen, das Sommersemester begann in einer Woche.

Sie hatten sich bereits verabschiedet, eine ganze Nacht in seinem Zimmer in der Remise.

Die Erinnerung an Bellarmin würde Annie wie eine leise, unaufdringliche Melodie immer begleiten, wie kaum vernehmbares Summen, das niemals aufhörte.

Wir kamen im Spätsommer 1998 gerade an «Kleinasien» vorbei, so nannte Karl Höger ein kleines Dorf auf unserer Route, da spürte ich, dass Socke nicht mehr atmete. Ich wollte es nicht wahrhaben, tat einfach, als wäre nichts geschehen. Wir umrundeten die ganze Erde, waren im bolivianischen Urwald, wo große Schneisen in den Regenwald geschlagen wurden, in der Syrischen Wüste, wo vielleicht auch der Archäologe gewesen war, fuhren am Nil entlang durch Nubien, durch das Nildelta zwischen Abu Simbel und Assuan. Ich sah aus dem Fenster und weinte, während Höger von seinen Reisen erzählte. Er hatte nicht bemerkt, dass Socke tot war. Ich bat ihn, beim Broog anzuhalten. Ich schleppte den Hund mit großer Mühe den Hang hoch bis zu Kathys Baum, dann kletterte ich weiter zu Strohwang hinauf, um mir von ihm Schaufel und Hacke zu leihen. Mittlerweile bewachte ein ganzes Rudel Kläffer das Areal, auf dem er den Schatz vermutete. Strohwang kam aus seinem Bauwagen. Als ich ihm sagte, Socke sei tot, war er wirklich traurig. Er beteuerte, Socke sei sein bester Wachhund gewesen, holte Werkzeug und ging mit mir hinunter. Ich glaube, er begleitete mich, weil er mir misstraute und argwöhnte, ich wolle, statt Socke zu beerdigen, nur seinen Schatz suchen. Er machte mich darauf aufmerksam, dass ich Socke auf seinem Land begrabe, das Stück habe er nur noch nicht eingezäunt. Es war mühsam, ein Loch in den steinigen Untergrund zu schaufeln. Strohwang, der danebenstand, entdeckte nach den ersten Zentimetern ein rostiges Scharnier, das zu einer Kiste oder Truhe gehörte. Daraufhin begann er selbst zu graben und hörte nicht mehr auf damit. Es summte nach langer Zeit wieder in meinem Kopf, als ob ein Bienenvolk dort sein Unwesen triebe. Es war nicht unangenehm, es war fast, als wäre Kathy bei mir. Strohwang grub, hackte Steine aus dem zähen Lehmboden und warf sie den Hang hinunter. Er war bald vollständig im Loch verschwunden. Das Einzige, was er fand, waren jedoch rostige Nägel, die jemand vielleicht einmal vom Fels geworfen hatte. Socke bekam auf diese Art das größte und tiefste Grab, in dem je ein Hund beerdigt worden war. Ich streichelte ihn, verscheuchte Aasfliegen, die auf seinen Augen, seinen Lefzen und Zähnen krabbelten und Stellen suchten, um ihre Eier abzulegen.

Es dämmerte, als Strohwang endlich aufgab. Ich musste ihn aus dem Loch ziehen, so tief hatte er gegraben. Er war völlig erschöpft, lag an den Fels gelehnt, leerte seine Bierflasche in einem Zug und war bald darauf eingeschlafen. Ich stopfte altes Laub in einen Sack, bettete den Hund darauf. Ich warf so lange Laub ins Loch, bis sich eine Schicht gebildet hatte, die so dick wie eine Matratze war. Dann sprang ich hinein. Als ich landete, klang es, als befände sich ein Hohlraum unter mir. Mein Schuh klemmte in einer Spalte. Strohwang, der in der Nähe lag, wurde wach und wollte wissen, was los sei. Ich antwortete ihm nicht, sonst hätte er erneut gegraben und wahrscheinlich nicht mehr aufgehört. Als ich meinen Fuß befreit hatte, war der Schuh verschwunden.

Strohwang war wieder eingeschlafen. Ich legte Socke auf den Spalt, in den mein Schuh gerutscht war und kletterte aus dem Grab heraus. Statt zu beten ließ ich Blätter auf den Hund rieseln. Danach schaufelte ich das Grab zu. Kurz bevor ich fertig war, wachte Strohwang auf. Er fragte mich, weshalb ich nur einen Schuh anhabe. Ich sagte, den anderen hätte ich im Loch vergessen. Er schüttelte den Kopf, meinte, ich sei ein Idiot. Ich solle ihm schleunigst sein Werkzeug nach oben bringen und nur ja nichts vergessen.

An diesem Abend fuhren keine Steinlaster, denn die Drehmühlen waren ausgefallen. Ich ging mit nur einem Schuh am Fuß nach Hause. Ich hätte den Schuh auch wegwerfen können, aber mir fiel ein, wie gern Socke seine Schnauze darauf gelegt hatte. Nun hatte jeder von uns einen Schuh, so waren wir noch irgendwie zusammen. Ich humpelte die Straße entlang, die durch das Zementwerk führte. Hinter Sötenich ging ich durch das Drehkreuz am Bahndamm zur Urft, über den Pfad, der zwischen Bahndamm und Fluss nach Kall führte. Ich ruhte mich eine Weile am Wehr aus, blickte durch die Ritzen zwischen den Brettern des Steges aufs Wasser. Bei Evros hatten sie von einem großen Urfisch berichtet, der so alt sein sollte wie die Eifel oder die ganze Welt. Sie erzählten mir solche Geschichten, weil sie mich für dumm hielten und glaubten, mir jeden Unsinn auftischen zu können. Aber das war mir egal, ich habe alles geglaubt, wenn es nur schön erzählt war. Während ich dasaß, fuhren zwei Züge vorbei, einer nach Trier, der andere nach Köln. Vom Sägewerk wehte ein vertrauter Geruch von Rindenmulch und Harz herüber.

Wie jeden Abend musste ich im Supermarkt arbeiten. Obwohl es schon spät war, erledigte ich meine Arbeit. Danach setzte ich mich in der Cafeteria an meinen kleinen Fenstertisch. Eine der Verkäuferinnen brachte mir Kaffee, Käse- und Schinkenbrötchen mit Salat und Remoulade. Einige Leute eilten noch kurz vor Ladenschluss in den Markt, um für das Abendessen einzukaufen. Ich wunderte mich, dass ich mit meinem halben Gehirn so viel mitbekam von der Welt, auch wenn meine Welt klein wie eine Nussschale war, aber was macht das schon, wenn es einen nicht stört, und mich hat es nie gestört. Als der Chef mich entdeckte, kam er zu mir und wir tranken zusammen Kaffee. Er fragte, ob ich wie üblich wieder beim Kartoffelverkauf helfen würde. Der Anhänger mit den Kartoffeln stand bereits am Zaun vor den Gleisen. Die Verkaufsaktion begann am nächsten Tag. Als dem Chef auffiel, dass Socke nicht bei mir war, und ich ihm sagte, er sei tot, tröstete er mich.

An diesem Abend war wenig Betrieb in der Gaststätte. Evros hatte nichts für mich zu tun, daher legte ich mich sofort schlafen, träumte vom Archäologen. Spät in der Nacht wachte ich auf, hörte, wie Strohwang seine knarrende Zündapp antrat und davonfuhr.

Auf der Fahrt nach Damaskus schlittert der Geländewagen des Archäologen von der Piste. Eine Blattfeder an der Vorderachse ist gebrochen. Er bockt den Wagen auf, kriecht unter die Achse, beginnt mit der Reparatur, wobei die Achse vom Wagenheber rutscht und seinen Kopf verletzt. Als er nach Tagen zu sich kommt, liegt er in einer Lehmhütte, sein Kopf ist mit schmutzigen Mullbinden umwickelt. Kinder spielen in der Abenddämmerung auf einer Dorfstraße. Ihre Stimmen sind hell und schrill wie das Pfeifen der Mauersegler. Er erinnert sich an nichts mehr, weder woher er kommt, noch wo er sich befindet, er fiebert und schläft ein, eine Decke eng um sich gewickelt. Er träumt von dem sagenhaften hundsköpfigen Volk, von dem Herodot berichtet hatte – Träume von Revolutionen, von einer anderen Welt, von der man nicht weiß, ob man sie sich wirklich wünschen soll. Draußen klettern Kinder auf die Fahrerkabine seines Wagens. Sie hüpfen auf dem Dach herum, schreien und halten Gewehre in den Händen. Im Gepäckraum befindet sich ein Koffer mit Dingen, die er gefunden hat: römische Münzen, Scherben, Terra Sigillata aus den nordafrikanischen Provinzen, aus Africa proconsularis, Tonscherben, die aus der tausende Kilometer entfernten rheinischen Provinz stammen, kleine Bronzefiguren, Merkur mit Flügeln am Hut, Triton mit Dreizack und Muschelhorn, gewöhnliche Steine, seine Aufzeichnungen, die Koordinaten einer antiken römischen Heerstraße.

. . .

Annie hatte das Radio eingeschaltet. Im Abendprogramm spielte Klaviermusik. Sie trug Peehs walnussfarbenes Sommerkleid mit den weißen Punkten. Es hatte im Koffer des Archäologen gelegen, wo Rosarius es wahrscheinlich versteckt hatte.

Daß die Liebe, so lange wir leben, nicht erstirbt, murmelte Rosarius. Er hatte Annie vieles aus seinem Leben erzählt, sie hatte manches aufgeschrieben, aber das meiste würde sie in ihrer Erinnerung aufbewahren. Rosarius berührte sie an der Taille, legte sein Ohr an ihren Bauch, seine Fingerkuppen streichelten über ihre Haut, bewegten sich von ihren Waden hinauf in ihren Schritt.

Sie lag neben ihm im Dunkel, und seine Hände wanderten über ihre Haut, er flüsterte wieder Straßennamen und Wege, nannte sie Peeh. Annie stellte sich vor, wie Rosarius gewesen war, wie es wäre, seine Peeh zu sein, sie wollte in dieser Nacht Peeh sein.

Regen schlug gegen den geöffneten Fensterflügel, Tropfen zerplatzten, sie spürte Partikel ihrer Nässe im Gesicht, am Hals, auf ihrer Brust. Sie spürte Rosarius. Als sie wach wurde, war es früher Morgen, und Rosarius schlief neben ihr.

Am nächsten Morgen räumte ich mit Evros zusammen in der Gaststätte die Tische ab, spülte Biergläser, leerte die Abfalleimer und brachte die Küche in Ordnung. Danach gingen wir wie immer zum Frühstücken in die Cafeteria des Supermarktes. Wir saßen unter der Markise. Glitzernde Witwenfäden schwebten über dem Parkplatz. Ich fühlte mich wie eine winzige Spinne, die am Ende eines solchen Fadens durch die Luft schaukelte. Zwei Anhänger mit Kartoffelsäcken standen am Zaun vor den Bahngleisen. Nachdem ich mit Evros gefrühstückt hatte, half ich dem Bauern, die Planen zu lösen. Wir legten vor den Hänger Paletten, die uns als Treppe dienten, und stellten einen kleinen Tisch samt Registrierkasse neben die Säcke auf dem Anhänger. Ich schulterte die Säcke und trug sie zum Kofferraum der Kunden. In der Mittagszeit machten wir Pause, saßen vor der Cafeteria und tranken Kaffee. Danach ging es weiter, bis am Abend der erste Anhänger leer war. Am nächsten Tag hatten wir alle Kartoffeln verkauft, und mein Rücken schmerzte. Evros gab mir einige seiner starken Schmerztabletten, die mich benommen machten, aber meine Schmerzen tatsächlich linderten.

Insgesamt war es ein schöner Spätsommer. Ich fuhr oft mit Karl Höger im Lastwagen umher. Höger erzählte von den Pyramiden und von Afrika, von großen Städten wie New York, Tokio und irgendwelchen Nestern am Rande der Welt, noch kleiner und abgelegener als Kall. Wir kamen vorbei an Dottel, Densborn, sahen die Maare und die Wasserfälle bei Nohn sowie die Kalksteinbrüche, in denen Uhus brüteten. Höger berichtete von Pisten durch die Wüste, auf denen er mit einem Lastwagen, dessen Räder doppelt so groß wie ein Mensch waren, Rohre für Ölpipelines transportierte. Ich hörte zu und schloss die Augen. Ich konnte alles genau vor mir sehen. Wir fuhren am Mississippi, dann am Gelben Fluss Jangtsekiang entlang, wo es weiße Delfine geben soll, sahen auf Felsspitzen gelegene, einsame Klöster mit buddhistischen Mönchen, die ihr Leben lang schweigend meditierten, irgendwann überallhin schweben konnten, zuletzt aber doch an dem Fleck blieben, an dem sie gerade hockten. Ich wusste nicht, ob Höger tatsächlich an all den wunderbaren Orten gewesen war. Wenn ich ihn während der Fahrt ansah, blickte er konzentriert auf die Straße, wo welke Blätter aufwirbelten. Seine enthusiastischen Reden unterbrach er nur, um nach der Wasserflasche neben dem Sitz zu greifen und einen kräftigen Schluck zu nehmen. Sein Kehlkopf hüpfte dabei, seine Lippen waren feucht und glänzten. Er reichte mir die Flasche, und ich trank ebenfalls. Dann klopfte er freudig mit der flachen Hand auf das Lenkrad, wies mich auf Südindien hin, auf kunstvolle Pagoden, denen wir uns näherten, zeigte auf hinduistische Tempel und anmutige Tänzerinnen. Wir fuhren über Highways, die sich von der Ostküste bis zur Westküste Amerikas erstreckten, transportierten Mais, Weizen und Ersatzteile für Bohrtürme. Wir waren auf Küstenstraßen unterwegs, die sich an Steilhängen entlangwanden, sahen von dort auf die schäumende Brandung eines glitzernd blauen Meeres, das sich bis zum Horizont erstreckte, wo die Sonne langsam unterging und Himmel und Meer safranfarben färbte. Ich war vom Reisen müde geworden, mir fielen keine Worte mehr ein, mir wurde schwindlig, als befände ich mich auf einem sich rasend schnell drehenden Karussell. Dennoch wollte ich weiterfahren, wollte nichts von all dem Schönen versäumen, das es in der Welt gab. Ich hoffte, Peeh endlich wieder zu begegnen, vielleicht wartete sie irgendwo auf mich.

Epilog

Annie stand früh auf, zog sich an und ging in das Zimmer ihres Sohnes Philip. Dort blieb sie eine Weile auf seinem Bett sitzen, betrachtete ihn liebevoll, streichelte sein Gesicht und weckte ihn schließlich. Philip hatte vor einer Woche, am 3. Februar 2012, seinen achten Geburtstag gefeiert, er besuchte eine Schule in der Kreisstadt. Er war ein guter Schüler, obwohl er erst spät zu sprechen begonnen hatte. Es war noch Zeit, bis der Schulbus kommen würde. In der Dämmerung hatte es zu schneien begonnen. Philip rieb sich die Augen, sah seine Mutter kurz an und drehte sich zur Seite. Es dauerte, bis er richtig wach wurde und aufstand. Annie ging in die Küche hinunter, heizte den Ofen, verließ dann das Haus und überquerte den Hof zum Pferdestall. Bei der Stallarbeit trug sie einen grünen Overall, Stiefel, einen dicken alten Pullover und eine Baseballkappe, unter der ihr Haar steckte. Sie wohnte, seit Philip geboren worden war, auf einem Aussiedlerhof in der Nähe der Landstraße, die von Kall an Keldenich vorbei nach Zingsheim führte. Es war einer der Bauernhöfe, die man in den Sechzigerjahren zwischen Feldern und Wiesen gebaut hatte. In den Morgenstunden sah man die mächtigen Schatten der Windradflügel auf den Feldern und hörte ihr Surren, je nachdem wie der Wind blies. Da sie das Anwesen damals billig erstanden hatte, war genug Geld übrig geblieben, um das Wohnhaus zu sanieren und Azzurro zu sich zu nehmen. Ein Bauarbeiter aus dem Nachbardorf hatte ihr geholfen, die marode Elektrik im Haus und im Stall zu erneuern, außerdem hatten sie Pferdeboxen in den Stall gebaut.

Als Annie den Stall betrat, wieherte Azzurro, begrüßte sie, indem er den Kopf schüttelte und schnaubte. Sie ging an den anderen Pferden vorbei und tätschelte Azzurros Nacken. Er ahnte, dass sie bald ausreiten würden. Im Winter war weniger auf dem Hof zu tun, so hatte sie mehr Zeit, sich um den Hengst zu kümmern. In den Sommerferien wimmelte es von Kindern und Jugendlichen, die Reitunterricht nahmen. Einige verbrachten ihre gesamten Ferien auf dem Hof.

Nachdem Annie alle Pferde versorgt hatte, ging sie zum Wohnhaus zurück, ihre Stiefelabdrücke auf dem Weg waren bereits zugeschneit. Autos fuhren über die Landstraße zur Autobahnauffahrt bei Zingsheim. Da der Hof weit genug von der Straße entfernt lag, hörte man wenig Verkehrslärm. Nachrichten liefen im Radio, Annie deckte den Frühstückstisch. Als sie das Frühstück vorbereitet hatte, rief sie Philip. Es dauerte immer, bis er runterkam, sich verschlafen und etwas missmutig an den Tisch setzte. Während er sein Müsli aß, schmierte sie ihm Pausenbrote. Sein Handy klingelte, er sprach kurz mit einem Freund, der an der Haltestelle auf ihn wartete. Als Philip das Haus verließ, um zum Bus zu gehen, drückte und küsste sie ihn, was er nicht mehr so gern mochte wie noch vor Kurzem. Er wollte auch lieber allein zur Haltestelle gehen. In einigen Jahren würde er bestimmt ganz weggehen, dachte Annie. Die Bushaltestelle lag einen halben Kilometer vom Hof entfernt, und sie machte sich Sorgen, da man bis zur Haltestelle am Straßenrand entlanglaufen musste.

Während sie zum Stall ging, verließ Philip die Hof-
einfahrt. Es sah danach aus, als würde es den ganzen Tag
schneien. Sie hatte ihre Reitkleidung angezogen und
führte Azzurro aus dem Stall. Autos fuhren langsam
über die Landstraße, ihre Scheinwerfer tasteten sich
durch den Schnee. Der Schulbus hatte wegen der Wet-
terverhältnisse einige Minuten Verspätung gehabt. Sie
war beruhigt, dass Philip nun mit seinen Freunden im
warmen Bus saß.

Azzurro wieherte, schüttelte seine Mähne, war unge-
stüm wie ein Fohlen. Annie ritt zwischen Scheune und
Wohnhaus über den Hof, kam an dem alten Camping-
wagen beim Reitplatz vorbei, den sie vor zwei Jahren
angelegt hatte. Die Gastkinder schliefen gerne im Cam-
pingwagen. Hinter dem kleinen Reitplatz erstreckten
sich Wiesen und Feldgehölze, das Land bis zu den
Windkrafträdern hatte sie günstig von der Gemeinde
gepachtet. Auf dem Schneefeld drehten sich die Schatten der Windradflügel. Azzurro war in einen leichten
Trab gefallen. Ihre Wange lag an seinem Hals, sie
glaubte, ihre Herzen schlügen im gleichen Takt, alles
schlüge im Takt einer einzigen Melodie. Annie dachte in
diesem Moment an Bellarmin und fragte sich, wo er jetzt
gerade war, was er machte. Sie dachte an Rosarius. Die
Feldwege lagen unter einer dichten Schneedecke, einige
verliefen dort, wo einst Römerstraßen gewesen waren,
Straßen eines Imperiums, von dem er ihr erzählt hatte.

Als es mit Rosarius zu Ende gegangen war, hatte sie
nicht mehr auf der Risahöhe gearbeitet. Damals konnte

sie ihn nur selten besuchen. Philip war noch klein und sehr kränklich gewesen, sie musste sich um ihn kümmern, und auch auf dem Hof gab es viel zu tun. Als Rosarius im Sterben lag, hatte man sie angerufen. Er lag abgemagert im Bett, hatte ein schmales, eingefallenes Gesicht, das mit roten und blauen Äderchen übersät war. Er hatte kaum Haare auf dem Kopf – eine spiegelglatte Glatze mit zartem, grauem Flaum – wie früher, als Delamot ihm alle Haare abrasiert hatte. Die Schwester sagte, er sei aufgrund seines Diabetes erblindet, sie hatte Rosarius einen Rosenkranz in die Hand gelegt und dann das Zimmer verlassen. Annie setzte sich zu Rosarius, er summte wieder, sagte, nun lägen seine Haare für immer unten in Delamots Keller bei den Mäusen. Er schmunzelte, dann murmelte er wieder Straßennamen, als hätte er niemals damit aufgehört. Annie hielt seine Hand bis zuletzt. Sie wusste, dass er nun sterben würde. Er drückte schwach ihre Finger. «Peeh, bist du da?», fragte er. «Ja, ich bin hier», antwortete sie, dann summte er wieder, ein Summen, das immer leiser wurde, bis es nur noch Erinnerung war.

Danksagung

Irgendwie fügt sich immer, wenn ich an einem Roman arbeite, eines zum anderen. Beim Schreiben dieses Romans war mein Freund Dietrich Schubert einige Monate ganz alleine in der marokkanischen Wüste, um dort wie ein Einsiedler zu leben. Dietrich macht wunderbare Dokumentarfilme über die Eifel und die Wüsten dieser Welt. Da ich selbst, wie auch Rosarius, kaum über die Eifel hinausgekommen bin, waren Dietrichs Filme eine wertvolle, kaum zu überschätzende Hilfe für mich.

Nach einem interessanten Gespräch mit Michaela Konrad, die an der Universität Bamberg römische Archäologie lehrt, hatte ich die Idee, dass mein Archäologe nach einer verschollenen antiken Straße sucht. Michaela erzählte mir von ihren Grabungen in der Wüste, von einer antiken römischen Straße, die von Resafa, einem Kastell in der syrischen Wüste, zum Euphrat führte. Obwohl die Berichte des Archäologen einen eher kleinen Teil des Romans ausmachen, so sind sie doch für meinen Protagonisten Rosarius wichtig, denn er hat sein Faible für Straßen und Wege von seinem Vater. Die Straßen sind vielleicht das Labyrinth seiner Liebe und der vergeblichen Suche nach seinem Ursprung.

Mit meinem Sohn Erasmus führte ich Diskussionen über moderne Geistphilosophie und Neurologie und über die Möglichkeit eines Charakters wie Rosarius, über unser Bewusstsein, das Vergessen und Erinnerung. Unser Geist scheint ein Labyrinth aus Erinnerungen zu sein, ein Labyrinth, aus dem wir wohl niemals hinausfinden, und dieses Rätsel ist zugleich die Aufgabe der Literatur.

Ich habe viele Bücher und auch Artikel in Wikipedia gelesen, um einen Einblick, ja ein Gefühl für die Wüste und die Wüsten-Archäologie zu gewinnen. Daher sei an dieser Stelle allen gedankt, die an dem großartigen Projekt Wikipedia mitarbeiten und damit indirekt andere Projekte, wie diesen Roman, unterstützen. Da ich nicht alle Aufsätze nennen kann, möchte ich allen Wiki-Autoren insgesamt danken. Erwähnen möchte darüber hinaus: *Römische Straßen in ihrer Landschaft*, Arnold Esch; *Die fünfte Welt, Ein Logbuch*, Raoul Schrott; *Historien*, Herodot; *De Architectura Decem*, Vitruv; *Lebensadern des Imperiums*, Margot Klee; *Erinnerung an glückliche Tage*, A. Christie; *Ich war eine Tochter Arabiens*, G. Bell; *Halbmond im letzten Viertel*, Th. Wiegant; Filme von Dietrich Schubert: *Die Seele aber wird allein in der Wüste gewaschen; Allein die Wüste; 360 Grad Schwenks; Spuren in der Sahara; Mathi Schenks letzte Reise nach Polen.* Über die Geschichte des Bleibergwerks in der Eifel-Region informierte ich mich durch Recherchen und Aufsätze des Schriftstellers Manfred Lang. «Hyperion» durchwebt die Geschichten insgesamt. Irgendwann beginnt Annie ebenso wie Rosarius in dieser Sprache zu denken und zu fühlen, so vermischt sich Hölderlins Sprache mit den Gedanken der Protagonisten. Ich denke, es hatte keinen Sinn, jede Passage aus dem «Hyperion» zu benennen, die Zitate sind kursiv gehalten, mitunter färben aber auch kurze Passagen von Hölderlin die Sprache der Protagonisten.

Ich möchte allen meinen Bekannten und Freunden danken, die verschiedene Versionen des Manuskripts lasen und mir wertvolle Hinweise gaben: Monika Alt, Nina Benkert, Dr. Ute und Bernd Bohmeier, Prof. Dr. Michael Braun, Dr. Andreas Erb, Dagmar Fretter, Dr. Werner Hannses-Ketteler, Dr. Diana Kurth, Fritz-Peter Linden, Katharina und Dietrich Schubert, Anna Lang, Tanja Warter, Prof. Dr. Martin Wallroth, meiner geliebten Elvira, unseren Kindern Erasmus und Philomena und meinem Lektor Prof. Dr. Martin Hielscher. Darüber hinaus habe ich dem Deutschen Literaturfonds für die finanzielle Unterstützung zu danken und nicht zuletzt den freundlichen Verkäuferinnen in der Cafeteria des Kaller REWE-Marktes, wo ich oft nach der beruflichen Arbeit sitze. Die Verkäuferinnen dort ziehen es in großer Weisheit vor, guten Kaffee zu kochen, Kuchen und herzhafte Marmagener Mischweizenbrote zu verkaufen, statt eitle Bücher zu schreiben.

Kall, 16.3.2012